中国诗词里的山河岁月

张建军——————著

江西美术出版社
全国百佳出版单位

前言

诗词，从本质上讲，是人心中的天籁。

讲到中国诗词，人们首先想到的是它的格律。其实中国诗词中，格律诗只是其中的一部分，在格律诗兴起之前，还有古风时期。那时的诗，还没有那么多格律限制，所以中国诗词又分古体和近体，近体即格律诗，成熟于唐代。

格律诗之前的古体虽也有一些规则，但受限制较少，接近于自由诗，即使唐代格律诗成熟之后，也还有一些诗人擅长写古风即古体诗，像李白就是古体诗的大家。

词本来是唱的，格律诗受五言、七言字数限制，唱起来不方便，词突破了五言、七言限制，唱起来就顺畅些，所以词也称“长短句”。

中国诗词，既是每个诗人、词人的个人抒情之作，也承载着相应的时代信息。

本书中所选的诗词，从中国历史上第一个朝代的开创者夏禹的妻子涂山女的一字诗开始，到民国奇女子吕碧城的一首《隔浦莲近》作结，几乎贯穿了整个中国历史。每一首诗词，都记录了一种深刻的生命体验，既有个人的命运，也有时代的印迹。治乱兴衰，诗词可征。

大禹治水，是大历史；涂山女的等待，是一个女人的个人小历史。一位痴情女子，用一生来等待，小历史成就了大历史。涂山女是中国历史上大英雄大禹的妻子，也是中国历史上第一个王朝开创者夏启的母亲，她却没有太后之类的称号，她只是一位苦苦等待的痴情女子……“候人兮猗”……

时光流逝，历史的篇章翻到了周朝。一位女子，亲身参与并见证了西周的灭亡。她是周幽王的废后、申侯的女儿，历史上称为“申后”。与涂山女的一字之诗不同，申后的诗颇有些长，哭哭啼啼、唠唠叨叨，却充分地体现了一位周代贵族女子深厚的文化修养。她是善用《诗经》中最高明的手法——比兴的高手，她的比兴，一个接着一个，令人目不暇接，却绝不嫌烦；往往出人意料，却又个个妥帖、感人、动人，令人长叹，引人深思。

大历史中，曾经强大的西周灭亡了；小历史中，一位王后被抛弃，深深陷入怨恨之中，但是，即使在怨恨之中，伤自己最深的丈夫，也仍然是当世独一无二的最美男子，“维彼硕人，实劳我心”。那美男子啊，让我忍不住思念！

“有扁斯石，履之卑兮。”一位王后，在被遗弃之后，却想到了那块上马时踩的扁扁的上马石，想到自己和那卑微的石头之间共同的特征，那被践踏的命运。这样的诗句，读之怎不潸然泪下？

屈原被称为“中国历史上首位伟大的诗人”，当然，这样说大概是因为以前没人注意到更早的两位女诗人吧。

不过，说屈原是最早的一批有意为诗的诗人之一，大概没有多少人会反对，《橘颂》就是一首有意为之的诗。有意为之，并非不真诚，而是说有意创作的成分比那种直抒胸怀的诗要多一点。《橘颂》是一首咏物诗，诗中赞橘树，前面一半句句都是写橘树的，后面一半却跳出了这种限制，把橘树当成一位美好的青年来赞扬。所以，有人推测这是屈原青年时期在成人礼之时写给自己的一首自勉诗，或者是他在青年学生成人礼上作的祝词。

从屈原的时代来说，当时有可能统一天下的诸侯国非秦即楚。假如不是由刻薄寡恩的秦国统一了中国，而是浪漫的楚人一统江山，中国历史又将在一种什么情景下展开？无奈历史是不容假设的。

屈原所深爱的楚国，终究还是灭亡了。《橘颂》所表达的乡土之恋，却永远不会过时；《橘颂》通过颂橘礼赞人格之美也永远不会过时。“独立不迁”是坚守；“深固难徙”是深深扎根于大地，决不背叛脚下的土地；“苏世独立，横而不流”，多么清醒的人格，多么坚定的意志！

我们在汉代遇到了两位诗人，一位是皇帝刘彻，另一位是辞赋家和当时的专业作家司马相如。

在大时代中，司马相如是为大汉润色鸿业的一支笔；但在成为大汉头号御用辞赋家之前，他也有自己的浪漫故事。一曲《凤求凰》，不仅打动了当年的美丽寡妇卓文君，也成就了一段才子佳人的佳话。一代又一代人逝去了，爱情的传说却没有老去。《凤求凰》和它背后的故事，代表这不老的传说，会一直流传下去。

“有一美人兮，见之不忘。

一日不见兮，思之如狂。”

雄才大略的刘彻，就是历史上著名的汉武帝，大汉是伟大的，但个人总是被喜怒哀乐所左右，即使帝王也不例外。

欢乐总嫌不够，失意与哀伤总是来得太快，“欢乐极兮哀情多”；青春易逝，“少壮几时兮奈老何”！即使是帝王，也有如此的无奈。刘彻的诗好在其无奈，因其无奈，才能引起共鸣。刘彻的诗还好在其壮阔的情怀，无奈之中又有壮阔，小情怀中又有大气象！

汉末曹操有皇帝之实，却终生没有称帝。作为一名政治领袖，他有谋略也有胸怀；作为诗人，他有强烈的代入感，以周公自居的他，诗中确实流露出与周公一样的使命感、责任感，还有求贤若渴的心情。“青青子衿，悠悠我心。”《诗经》中思念情人的诗句，被曹阿瞒挪用过来，居然用得恰到好处，天衣无缝。曹阿瞒真诗人也！

曹操的儿子曹植，整个后半生，处于壮志难酬的苦闷之中。在苦闷中他展开了想象的翅膀，给自己造了一个美丽的幻影。那是一位南国佳人，美丽贞洁，不染尘俗，是其理想的寄托，遥远、神秘、完美无瑕。

“三曹七子”是建安文学的代表。七子中的刘桢，诗并不多，却佳。他赠给从弟的诗，却只管写松树，树即是人，是勉励从弟要以松树为榜样，在世间冰霜之中，无畏无惧，守住端正，坚守本性。

“冰霜正惨凄，终岁常端正。

岂不罹凝寒？松柏有本性。”

阮籍是一位名士，多有怪诞言行，而他《咏怀诗·夜中不能寐》却毫无怪诞之处，简简单单，直写忧愁，那是一种难以名状的忧愁，既来自现实中巨大的精神压力，又来自对人生之意义的深刻怀疑。这种忧思是深远的，也是无所排解的，它是对一切存在之质疑。

“徘徊将何见？忧思独伤心。”

我在寻找什么？我在为什么伤心？连我自己也不知道！

西晋灭亡、东晋建立前后，那是中国历史上典型的乱世。乱世之中，也有中流砥柱，祖逖、刘琨是也。读到刘琨《重赠卢谌》中的“何意百炼刚，化为绕指柔”，我们不禁为英雄末路发一声叹息。

诗人谢灵运出自东晋最显赫的谢氏家族，是历史上著名的淝水之战的指挥者谢玄的孙子，是中国山水诗的开创者，面对前辈创造的功业，他有一种深深焦虑感。他“殷忧不能寐”，忧的是生命流逝。

秦始皇、汉武帝都有长生不老的荒诞梦想，面对生命流逝，谁又能真正看得开、想得通？庄子“鼓盆而歌”也只是用哲理来说服。对于人们的内心真实情感来说，面对岁月流逝，谁也不能无动于衷。“运往无淹物，年逝觉已催”，正是生命之感叹。

同样面对时间流逝的生命历程，唐代贺知章的诗，却写得轻松而诙谐：

“少小离家老大回，乡音无改鬓毛衰。

儿童相见不相识，笑问客从何处来。”

我的发已白，我的乡音没有变，我的心以为自己属于这片土地，儿童们却认定了我是远方来的客人。

据说唐代大诗人李白，兴冲冲地到了黄鹤楼，准备在上面题一首诗，一展自己的文采风流，上楼之后面对美景一番欣赏，准备题诗时，却看到了崔颢的诗，顿时激情全消，说了句：“眼前有景道不得，崔颢题诗在上头。”崔颢《黄鹤楼》之成功，于此可见。“昔人已乘黄鹤去，此地空余黄鹤楼。”似半空而来的诗句，多么突兀，又多么引人深思！“日暮乡关何处是？烟波江上使人愁。”这又要牵动多少人的乡愁！

有一首很简单的诗，大概大家从小都背诵，这就是孟浩然的《春晓》，不过诸位有没有想过这首诗好在哪里？“夜来风雨声，花落知多少。”这是内心的柔软，花花朵朵都挂在心上。天地以万物为刍狗，而人心却在挂念着那些花朵，惋惜着花朵的飘零。

王之涣、王昌龄都有边塞诗。边塞诗可以说是唐代特别有成就的一类，成就了唐诗的豪情，成就了唐人刚健的诗风。边塞诗最能抓住人们的乡愁："羌笛何须怨杨柳，春风不度玉门关。"边塞诗也最能表达人们的内心对保家卫国的愿望："但使龙城飞将在，不教胡马度阴山。"

王维是文人画的鼻祖，苏轼说王维是"诗中有画""画中有诗"。王维又是音乐家，早年正是靠一曲无敌的琵琶曲，得到玉真公主的赏识，才得高中进士。王维还是佛教徒，虔心向佛，理解空与寂灭。"人闲桂花落，夜静春山空。"寂静到能听到桂花落地的声音，这种静谧，值得体会。

春山在寂静的夜里为什么为空？那不过是心灵的空寂，了无一物，静的山，寂的心，空空的世界，让我们静静地去体验，去领悟王维诗中的禅意吧。

王维与孟浩然是好友，李白同样喜欢孟浩然。孟浩然隐居襄阳，有一次从江夏下扬州，李白在黄鹤楼为他送行写下了《黄鹤楼送孟浩然之广陵》这首诗。"孤帆远影碧空尽，唯见长江天际流。"写离愁，却并不提"愁"字，碧空与天际，将场景展开得无比阔大，似乎天地之间，都是诗人们送别的背景。前人评孟浩然诗说"冲淡中有壮逸之气"。李白此诗中的冲淡之趣与壮逸之气，当与孟浩然同调。

"好雨知时节，当春乃发生。"看似平常，却很显诗人功力，每一个字都有讲究。杜甫诗的好处，前人说得很多，我却觉得诗人的赤子之心是最重要的。你看，杜甫喜欢能解除春旱的雨，先给它一个“好”字，然后又说它那么善解人意。已经老大的杜甫，其实还像儿童一样天真烂漫、爱憎分明。

不管古今有多少送别诗，高适的《别董大》总是最脍炙人口的之一。“莫愁前路无知己，天下谁人不识君”，一句话，就能让人的心情顿时开朗起来，这与《论语·颜渊》中子夏一句“四海之内皆兄弟也”有异曲同工之妙。

韦应物、钱起、李益、刘禹锡、白居易都有自己的人生故事，他们的诗也都颇耐人寻味。唐诗内容与风格的丰富性，在他们的诗中也充分地展现了出来。韦应物诗中有寂寞之境，那“野渡无人舟自横”中，似有无尽的人生况味。钱起《省试湘灵鼓瑟》中“曲终人不见,江上数峰青”这样的警句,更让我们体会到了唐代科举中应制诗的韵味。李益“回乐烽前沙似雪，受降城外月如霜”，一下子就将读者带到边塞月夜。而刘禹锡“东边日出西边雨，道是无晴却有晴”，则在质朴中包含了民间的智慧。白居易《花非花》则在朦胧的意象中，让人体会到诗的朦胧之美。

人们说唐诗、宋词是中国诗词的高峰。宋词之中，柳永的词在当时传唱最广。柳永词能够广泛传唱，一是通俗易懂，二是口语感很强，三是音韵流畅。像“此去经年，应是良辰好景虚设。便纵有千种风情，更与何人说”，直说胸怀，像是大白话，又婉转风流，富有情调。

人们说柳永是宋代婉约词的代表，苏轼是豪放词的代表，但苏轼豪放中也有“但愿人长久，千里共婵娟”的柔情，柳永的婉约词中“千里烟波，暮霭沉沉楚天阔”的意境也很宏大。

周邦彦的词，除了婉约外，更多的还有精致。“并刀如水，吴盐胜雪，纤手破新橙”，这样的情景恍如一个精美的梦境，充满着精神与肉体的愉悦。宋代不见得像有些人所说，是中国最好的朝代，但靖康之变前太平岁月中的宋代士大夫，可能真是最会享受生活的一群人。

李清照早年是快乐的，沉浸于家庭幸福与艺术收藏的乐趣中，经历了“靖康之变”后的晚年却悲苦凄凉。时代的一粒灰，压在每个人身上，都是一座山，即使士大夫阶层中人，也难例外。

民族危难之时，总有英雄挺身而出，岳飞就是这样的英雄。而岳飞的词，同样既有豪放也有婉约风格。他的《小重山》（昨夜寒蛩不住鸣），就写得很低徊，“欲将心事付瑶琴。知音少，弦断有谁听”。

《杏花天影》（绿丝低拂鸳鸯浦）的作者姜夔可说是一位专业词人。与柳永一样，他的词音调和谐，特别适合演唱。与柳永不同，姜夔的词更加典雅，如“金陵路、莺吟燕舞。算潮水、知人最苦”,既发挥了宋词音韵婉转的优点，其对典故的化用，又有杜甫炼字的风范。

管道昇是元代全能书画家赵孟頫的妻子，她的《我侬词》具有民歌的风味，所以回过头来看，诗歌史上南北朝民歌中，多有典雅的词句，有些大概也是经过了当时文人加工的作品。

其实，词语只是一个方面，一首诗好不好，更关键在于能不能写（唱）到人心里。

“我泥中有尔，尔泥中有我。

我与尔生同一个衾，死同一个椁！”

这样的诗句，不用再多做分析，因为已经写到人的心里！

在各种传说中，唐寅一生似乎很潇洒，除了早年经历了科考案的挫折之外，他诗酒风流，一生似乎玩得很嗨，过得尽兴。

读他的诗，才觉得他心中总还有一个结：青春、富贵，这些他都割舍不下。他的笑，他的“日高都做晏眠人”，总有故作洒脱的痕迹。

大时代，小悲欢，民国奇女子吕碧城，有着讲不完的故事。她的词，很古典，也很现代。“心香一瓣结念，通过灵台电。”心中的佛缘与意念，在心灵中，如同电流，这个比喻就十分现代。

“跏趺渐定，禅观十六参遍。”诗词的世界里，每一首诗的背后都有大历史。没有“安史之乱”，哪有杜甫的流亡？没有杜甫的流亡，哪有“花重锦官城”的描写！没有“八王之乱”“衣冠南渡”，也就没有刘琨“何意百炼刚，化为绕指柔”的慷慨悲歌……

刘彻唱着“少壮几时兮奈老何”时，大宛的良马已经奔驰在西域与长安之间的大路上。

曹操“对酒当歌”的夜晚，诸葛亮还在田里躬耕，孙策兄弟却正在谋划尽除江东豪杰。

阮籍“夜中不能寐”的夜晚，路人皆知的司马昭之心，正残忍地一步步实现。

高适别董大，写下“千里黄云白日曛”诗句那年，李林甫制造了“野无遗贤”的闹剧，安禄山认了小自己16岁的杨贵妃当母亲，“安史之乱”的伏笔已经埋下。

宋真宗与辽国订下“澶渊之盟”的1005年，柳永来到汴京应科考，开始了“杨柳岸，晓风残月”的吟唱。

李师师“纤手破新橙”之时，宣和盛世的危机正悄悄来临。

诗词的世界，不仅反映着历史，更呈现出个人的悲欢，一个个鲜活的诗人，通过诗词，走进了我们心里。阅读一首诗词，就是阅读一个时代，也是阅读一段情感的记忆。诗词中的记忆，也会变成阅读者的共同记忆与个人记忆。

目录

涂山女　候人歌

候人兮猗

候人歌

涂山女

候人兮猗

这首诗,被称为《候人歌》。这是一首只有一句话的诗,也是一支只有一句歌词的歌。

早期的诗、乐不分,诗、歌不分。诗都是可以唱的,诗也是歌。这首《候人歌》,也被认为是最早的情诗。作此诗的人,据说是涂山氏。涂山女是一位南方女子,她的丈夫,就是大名鼎鼎的治理洪水的大禹。

传说大禹治水,东奔西走,走到涂山这个地方时,遇到涂山女,就爱上了她。当时的中原虽已进入父系社会,涂山氏还是母系社会,就像今天的泸沽湖边的摩梭人一样。

大禹和涂山女恋爱了,相识相恋之后,其相处也是以走婚的形式。按照走婚的规矩,女子在自己家中等待,男子晚上来到女子窗外,女子敞开窗户就表明房子里没有他人,男子爬窗而进,进去后把帽子或者头巾挂在窗户上,表示正在约会,然后关上窗户,男欢女爱,缠绵悱恻,早上天不亮,女子家人起床之前男子就要离开,这时可以从门出去。

虽说走婚形式，并不存在第三者的概念，就是说涂山氏尽可以在同一时期，轮流和两三位不同的男士约会，完全有自主权。但真正的爱情，是有排他性的，纯情的涂山女，是一心一意地爱上了大禹。

在傍晚，面对夕阳，她就开始抱怨：太阳为什么落得那么慢，月亮为什么不快点升起来，她等着，等着天早早黑下来，等着月亮快快升上天空，等着大禹早点到她窗前，等着那熟悉的身影出现在远处的小路上，等着那熟悉的脚步声从门前小路传来。

等待是焦急也是甜蜜的，等待是单调也是丰盛的。等待中有多少对昨夜的回想，等待中有多少对未来的期待、对幸福的向往？

等待中仿佛又看见那初次相识的早晨：美丽的秋日，太阳正在缓缓升起，树上的小鸟叽叽喳喳交鸣，草丛中虫子在振动翅膀；她，在原野中唱着无词的歌，蹦蹦跳跳地采撷着果子。忽然，树枝上的鸟儿惊飞，她抬起头，看见一位高大的异乡男子，正在不远处看着她。她的心怦怦直跳，脸颊一下子飞红了。她又偷眼望去，看见男子微笑着也在看她，目光里透着温情。她于是大起胆子来，将刚刚采来的木瓜投向男子，男子反应机敏地把木瓜接在怀里，两人目光所接的一瞬，她感觉，自己就要融化了……后来男子取下身上佩戴的琼瑶，将它郑重其事地戴到了她的颈上，他的手，挨到了她的耳朵、脖颈，她觉得痒痒的……

等啊等，天怎么还不黑？禹啊禹，你怎么还不来？我的情郎，你不会爱上别的姑娘吧？村西边的阿桃，虽然比我更美，可是她脾气没我好，你大概不知道吧？水边大树下的阿杏，虽然说话声音比我温柔，其实她是个小心眼，根本不像我这么善解人意。还有山脚下的阿玉，她的皮肤虽然比我白皙，可是她却没有我的一双巧手。我的情郎，我知道，你不会爱上别人，你看我们俩在一起多好，谁也没有我对你好！

等啊等，月亮怎么还没升上天空？禹啊禹，你怎么还不来？你该不会出什么事了吧？给你说过我们这里的蛇多，走路一定要小心，你不会忘了吧？你天天打猎，山里的野兽不会伤害你吧？那些猛兽的爪子和牙齿，十分锋利可怕，你可一定要小心！不会的，不会的，我的男子汉，你那么高大、强壮，什么野兽都伤不了你，你一定会平安的！

可是你为什么还没有来，我等啊等啊等啊……

其实，“候人兮猗”四个字，只有前两个字有意义，“兮”和“猗”都是感叹词，相当于“啊”或“呀”，翻译过来就是“等你啊呀”。

但是古汉语有一个好处，就是不受刻板语法的制约，“候人”的“候”字，可以理解为动词，就是等，“候人”就是“我在等你”，这样看，这首歌词就是涂山女在唱：“等你啊呀！”

“候人”也可以放在一起理解为等候的人，所以这首诗也可以理解为涂山女在说自己，涂山女在唱：“等待的人啊呀！”

不管是“等你啊呀”，还是“等待的人啊呀”，都是一句充满真情的诗、充满真情的歌，都是充满真情的等待、痴情的天籁！

只有一句歌词的歌怎么唱？当然是反复吟唱。

有一首流行歌曲，歌中唱道：“等你等到我心痛 / 等你等到没有梦 / 所有感觉已成空……就让一切都随风 / 等你等到我心痛 / 我的心情谁会懂……”

这首歌当然比“候人兮猗”复杂得多，但其实，这首歌与《候人歌》并没有本质的区别，基本手法，都是重复，用不断的重复来暗示等待的状态，用重复表达心中的焦急、心中的真爱。

涂山女，她的故事，总是与等待相关。

1941 年，苏联卫国战争最艰难最危险的时刻，诗人西蒙诺夫写下抒情诗《等着我吧》献给女友。诗中写道:“等着我吧——我会回来的。/……我是怎样在死里逃生的，/只有你和我两个人明白——/只因为你同别人不一样，/你善于苦苦地等待。”

善于等待，这是中、俄两个多灾多难民族女子的伟大美德，也是她们不幸的宿命。

走婚时的等待，只是恋人间甜蜜的等待，之后的等待更加漫长，也更加煎熬。为了治水，大禹离开了涂山女，继续到处奔波，带领、指导民众治理洪水。

大禹有整个天下的事要操心，涂山女只有一个心上人要等待……涂山女本来和一般少女是一样的，那一个傍晚的等待对于她，是难熬的，好在那时，等待之后很快就迎来了情人，很快就有了欢爱时分。而现在，她的禹，走了，为了全天下，为了治水的大事业，他必须果毅忠勇。为了全天下人民的福祉，他需要放弃，放弃最欢乐的相爱时刻，放弃与妻子的恩爱每一天。而涂山女，只能学着去适应更漫长的等待，只能变得“善于等待”……

大禹治水，三过家门而不入（三，多也，并不只是三次，而是指很多次）。大禹的行为被天下人传为佳话。全天下都在赞扬禹的公而忘私，禹的舍小爱成就大爱。全天下谁又知道，那伟大的禹，他的“私”、他的“小爱”——

一个在家中等待的小女人的感受？全天下谁又能想到，涂山女那一次次充满希望的张望，终于变成失望的痛苦；谁又能想到，大禹三过家门而不入，那每一次经过时，涂山女的盼望、等待与哭泣？

含着眼泪的打听，听到禹要回来的欢喜，欢喜过后的焦急等待，终于，她等来了大禹，等来了熟悉的高大的身形，等来了那张熟悉的脸。她正心疼那人的衣不蔽体、满脸风霜，想要冲上去与他相拥抱，想要亲他粗糙的脸、粗糙的手，不料他被众人围着，一路大步向前，根本没有停下来的意思。

路边已经聚集了很多人，大家都向伟大的、无私的、正在带领人民与史无前例的大洪水决战的英雄禹——大家不约而同地称呼他为“大——禹”——致敬。人们欢呼雀跃，鼓掌声、尖叫声此起彼伏。

只有涂山女，默默守候在家门口、人群中，两眼含泪，口里却呼喊不出禹的名字。一边走路一边和一众助手商讨艰难复杂治水方案的禹，听到众人热情欢呼，很自然地挥手向众人致意，却没有停步。有那么一瞬间，涂山女感觉他的眼光落到了自家的门楣上，落到了自己的脸上，他的脚步似乎停顿了一下……可是，他的眼光只短暂地停留，就向其他方向转去，向其他方向的人们挥手致意。他的脚步只停了那么一两秒，时间之短暂，大概除了涂山女，没有第二个人会注意到。

一场喧闹过后，村子回归平静，除了仍守在家门口的涂山女，大家都回家做饭去了。涂山女，涂山女，她早已忘了众人，忘了饥饿，只是一直在猜测：我的爱人，我的一切，我的唯一，我的阿禹，他究竟看到了我没有……

诗词链接

《诗经》

《诗经》也称《诗三百》，是中国最早的一部诗歌总集。今本共有诗305首，收集了西周初年至春秋中叶（前11世纪至前6世纪）的诗歌，《诗经》分《风》《雅》《颂》三部分。《风》为各地的民歌，包括一些情诗及劳作诗，也有反映战争带来的离别与思念的诗，常用复沓的手法来反复咏叹，一首诗中的各章往往只有几个字不同，表现了民歌的特色。《雅》分《大雅》《小雅》，多为贵族祭祀之诗歌。《大雅》《小雅》的作者基本都是贵族，有些诗也受到了民歌的影响。《颂》主要是宗庙祭祀之诗。

据说周代有采诗制度，由一群朝廷供养的孤寡老人，摇着木铎（银铛）到民间采集诗歌，借此考察民情、风俗及政治得失。所以《诗经》中有很多“饥者歌其食，劳者歌其事”的民歌。周代贵族男女，也喜欢以诗言志，这些也被收集到了《诗经》中，所以《诗经》既有贵族诗作，也有民间歌谣。

申后

诗经·小雅·白华

白华菅兮，

白茅束兮。

之子之远，

俾我独兮。

英英白云，

露彼菅茅。

天步艰难，

之子不犹。

滮池北流，

浸彼稻田。

诗经·小雅·白华

申后

白华菅兮，白茅束兮。
之子之远，俾我独兮。

英英白云，露彼菅茅。
天步艰难，之子不犹。

滮池北流，浸彼稻田。
啸歌伤怀，念彼硕人。

樵彼桑薪，卬烘于煁。
维彼硕人，实劳我心。

鼓钟于宫，声闻于外。
念子懆懆，视我迈迈。

有鹙在梁，有鹤在林。
维彼硕人，实劳我心。

鸳鸯在梁，戢其左翼。
之子无良，二三其德。

有扁斯石，履之卑兮。
之子之远，俾我疧兮。

这是一首思念之诗，也是一首忧患之诗。我们都知道周幽王为了美女褒姒烽火戏诸侯的故事，但大家可能都不会想到，那褒姒的对立面，因为幽王宠爱褒姒而被废黜的王后——申后竟是一位感人肺腑的诗人。从其诗的含蓄蕴藉看，从其诗歌其音调之婉转低回看，从其诗意之缠绵悱恻看，从其比兴之高妙描写之入微看，申后无疑是周代一流的诗人。可惜在经学学者的眼光里，他们只注重诗里的道德因素，而往往忽略其艺术内蕴，使得申后这一周代女性诗人，在中国文学史上没有得到应有的关注。

申后是申国的国君申侯的女儿，申是姜姓之国，周宣王很重用申侯，让他担任南方的军事总指挥，《诗经·大雅·崧高》就是赞美申侯的诗。大概申侯一直是宣王信任的大臣，所以宣王为自己的太子姬宫涅选了申侯的女儿为妻，这就是后来周幽王的第一位王后申后。申后为周幽王生下了儿子宜臼，宜臼顺利地被立为太子，形势看来一片大好，但是一场王师的小小胜利让申后和太子的命运急转直下。

周幽王是周宣王的儿子，周宣王号称“中兴之主”，在其执政期间，南征北伐，先后打败玁狁、西戎、淮夷和徐戎，辟地千里，使周王室再一次走向复兴。周幽王继位后也保持了宣王的威势，常常对周边的少数民族部落用兵，对于内部的一些不够恭顺的诸侯也时不时加以征讨。有一次，夏禹的后代、褒国的国君对王室不敬，幽王立即带兵对其进行了讨伐。褒国赶紧投降服软，为表示服从还献上了一个绝色美女——褒姒（夏为姒姓）。

这个褒姒，是一个冷美人。幽王可能是见惯了所有人都围着他转，偏偏被她的冷所吸引，把自己从众星环绕的太阳变成了美人身边的一颗“卫星”，这“卫星”一当就是好多年。直到褒姒生下了王子伯服，这中间幽王为博取美人一笑还上演了一出“烽火戏诸侯”的闹剧。

传说因为褒姒不爱笑，而幽王又特别渴望看到褒姒的笑容，有一次竟然干出了点燃烽火戏弄诸侯以博取美人一笑的蠢事。本来周人为了防范北狄西戎南蛮东夷的进攻，在一些要塞建起了烽火台。如果遇到敌情就点燃烽火，诸侯见烽火就当紧急响应，带兵来救。一天晚上，幽王来到褒姒房中，本想尽心欢乐，可是褒姒却紧锁着眉头闷闷不乐，似有无限忧愁，无论幽王怎么哄她，她都是一副不开心的样子，神情抑郁。于是幽王就说，美人啊，怎么能够让你笑起来呢？你说，天底下就没有我办不到的事，只要是你提的要求，我都可以满足你，只要能够让你高兴，为了你的一笑，千金也不惜。褒姒却说又不是没见过黄金，再说，你说过连你都是我的，你拿黄金给我，又有什么意义！要让我高兴，除非，除非你把烽火台烽火点起来，我要看那熊熊大火燃烧来取乐。

为了让褒姒开心，周幽王竟然真的命令将士们点起了烽火。褒姒看到熊熊大火烧起来，火焰冲上云霄，满天火光，把天空照得红彤彤的，哇，真的点火了。她觉得真的很好玩啊，回头看看幽王，这个世人最有权势的男人对她真好啊，褒姒就真的开心地笑了起来。诸侯们连夜赶来救驾，却发现自己被捉弄了，心想：你是王，我们也拿你没办法不是？不过下次烽火再点燃时，可别再指望我们傻乎乎地赶来了。

后来，褒姒的儿子伯服也渐渐长大了一些，幽王对褒姒的爱一丝一毫也没有减退。在褒姒的要求下，幽王终于下了决心。周幽王八年（前 775），幽王废掉了申后，立褒姒为后；也废掉了太子宜臼，将伯服立为太子。

《诗经·小雅·白华》是什么时候创作的？根据《史记》

记载，周幽王十一年（前 771），申侯联合了缯国以及犬戎一起攻打镐京，杀死了周幽王和太子伯服，掳走了褒姒，抢走了镐京财宝，西周灭亡。所以申后作《白华》只能是在公元前 775 年至公元前 771 年这一段时间之内。

白华是指白茅所开的小白花，滮池是镐京的一条河流，子和硕人都指周幽王。

《白华》大意如下：

诗首章说白茅开着白花，白茅捆扎起来，成为洁白的束茅。而我的那个他呀，他离开了我，远远地把我抛下，让我好孤独。

二章说那天空中饱含着水汽的白云，虽然在天空中，其实夜晚仍然在润泽着那地上的白茅。上天给我带来了艰难的运势，我的那个他啊，他对我真的是很不好。

三章说滮池的水啊，向北流淌，浸润着那稻田。我在那水边一会儿吹着口哨，一会儿唱着歌，你们看我是否有些失常啊，其实并没有失常，我只是，我只是太想他了，我的主人，我的美男子。

四章说砍下那桑树枝当柴禾，把它们放在灶边烘干。我的那个心上人啊，我的美男子，他实在让我太伤心。

五章说宫中的大房子里鼓起钟，那声音会远远地传到外面。我心中思念着我的心上人啊，你们看我的样子，是不是已经失魂落魄？

六章写鱼鹰在拦鱼的水坝之上，贪婪地捕捉着、吃着水里的鱼，纯洁的白鹤却在林中独自徜徉。我的那个心上人啊，我的美男子，实在让我太伤心。

七章写鸳鸯在梁上双宿双栖，右边的雌鸟收起了左边的翅膀，她啊自可以放心睡去，因为她的夫君雄鸳鸯和她紧紧偎依，永不分离。我的那一个啊，他却不是那么好，他三心二意地待我，他的心就是不能始终如一。

八章写那扁扁的石头，是用来登车的垫脚之石，它被人踩在脚下，是多么的卑微。我的那个他呀，他离开了我，远远把我抛下，让我在忧愁之中度日，变得整天病恹恹的，我是因思念而成疾啊，我是被思念折磨得病了。

诗全篇皆用比兴，感情非常委婉淳厚。

首章以白茅成束喻旧日的情意缠绵，周代一般男子向女子求婚，要以白茅来包裹礼物，所以看到白茅就想到了自己的婚姻。

二章以天上的云雾滋润着地上的茅草暗示男女间的情感交流。而现在这些都已不属于自己，所以剩下的只有女子的怨言。

三章先描写滮池北流，浸润着稻田，同样暗示自己没有了丈夫的情感的滋润，此时是多么的孤单，所以才会如痴如狂地吹着口哨，唱着伤心的情歌。

四章写到桑木柴禾放在炉灶烘烤，这本是把湿柴烤成干柴的过程，但这里又暗示着女子的肉体和心灵都在煎熬中，如同在被火烘烤，思念起男子，心里十分难耐。另外注意，周代习俗，婚礼前要砍伐木柴，以备婚礼之用。因为婚礼的夜晚要点起火把和火堆，所以在当时的民俗中，说起柴禾，心中也会产生对婚礼场景的联想。这也是女子心里挥不去的记忆。

五章以鼓钟于宫、声闻于外来暗示自己因心里难过造成外表改变。

六章以丑陋的鱼鹰大吃大喝而纯洁的白鹤被遗忘在林中，暗示自己品行高洁却被丈夫抛弃。古代人常以饮食代指男女之事，这也是周代常见的一种比喻。

七章以鸳鸯来引起联想，想到自己孤孤单单，都是因为和丈夫的感情不能如一，人甚至不如鸳鸯。

八章以贵妇人上马车用的垫脚的扁石来暗示自己遭受践踏欺凌的悲惨境遇，强调正是丈夫这种无情的践踏让自己忧愁成疾。

诗贵比兴，但一般的诗，没有这样用一系列的比兴来表达自己情感的。申后并无意做一位诗人，但她心中的苦太多，无处倾诉，加上她又受过良好的教育，熟悉诗歌中所需要的比兴手法，于是将看到的或想到的很多不同的意象，一起用到诗中，一章一比兴，创作出了一首无与伦比的怨情之诗。

这首诗集缠绵悱恻、温柔敦厚与直陈胸臆于一体：诗一边深情脉脉地联想、思念；一边毫不隐讳地直斥丈夫不犹、无良、二三其德；一边批评丈夫的恶行，但一边充满深情地呼唤他，称他为“硕人”（“硕”即高大之意，古代男女都以高大为美，“硕人”就是美男子的意思），一遍一遍地倾诉自己非常非常思念他。诗写到这个地步，我们当然可以分析其技巧，但它其实已经超越诗的技巧了。

透过一首《白华》，我们仿佛亲眼看到了一位王后、一位弃妇，她在悲伤，她在发疯，她在滮池的水边、在无人的堤坝上，思念着抛弃了她的丈夫。她怨丈夫，恨褒姒，她多想回到从前。对丈夫，她爱恨交加，爱，无以了结；恨，无以了结……

屈原　楚辞·橘颂

后皇嘉树，
橘徕服兮。
受命不迁，
生南国兮。
深固难徙，
更壹志兮。
绿叶素荣，
纷其可喜兮。
曾枝剡棘，
圆果抟兮。

楚辞·橘颂

屈原

后皇嘉树，橘徕服兮。

受命不迁，生南国兮。

深固难徙，更壹志兮。

绿叶素荣，纷其可喜兮。

曾枝剡棘，圆果抟兮。

青黄杂糅，文章烂兮。

精色内白，类任道兮。

纷缊宜修，姱而不丑兮。

嗟尔幼志，有以异兮。

独立不迁，岂不可喜兮。

深固难徙，廓其无求兮。

苏世独立，横而不流兮。

闭心自慎，终不失过兮。

秉德无私，参天地兮。

愿岁并谢，与长友兮。

淑离不淫，梗其有理兮。

年岁虽少，可师长兮。

行比伯夷，置以为像兮。

《晏子春秋》里面说，晏婴为齐王出使楚国，到了楚国之后，楚王设宴接待晏婴。酒过三巡，正在兴头上的时候，两个卫士绑着一个人，一边训斥着，一边到了酒席前，喝令被绑者跪下。楚王酒喝得正酣，一抬头看见面前跪着一个被两个卫士绑着的人，就（假装）吃惊地问：“你们绑的是什么人啊？”两个卫士装模作样地禀告说：“禀告大王，这个人是一个齐国人，他在附近偷东西，被我们抓住了。”楚王故意转过脸看着晏子，问晏子说：“哎呀，你看看，这怎么回事啊，齐国人都善于偷盗吗？”

当然，这是楚人安排下的一场戏。原来楚国听说晏子作为齐国使节要来出使楚国，楚王对身边人说，晏婴，是齐国特别擅长言辞和辩论的名人，他这次来我们楚国，我想要给他一点颜色看看，把他羞辱一番，你们有什么好主意？手下就献计说，大王接待他时，我们绑一个人，到大王这边；大王就问我们这人是什么人，我们就说是齐国人；大王再问为什么要绑他呀，我们就回答他是小偷，这样就可以让晏婴丢脸了。

晏子看到眼前的场景，虽然是一件突如其来的事，但看看楚王和手下得意的神情，立刻就明白了是怎么回事。晏子于是离开酒席，郑重其事地下拜（这是一种礼节，表示尊重），说：“我听说橘树生长在淮河以南就会结甜甜的橘子，移植到了淮河以北就变了，只能结又涩又酸又苦的枳果，树的叶子还是相似的，但果实味道却完全不同。这是什么原因呢？这是因为水土不同啊。齐国人在齐国不偷盗，到了楚国却都变成了小偷，难道是楚国的水土特别容易让人变小偷吗？”

楚王这一下尴尬了，就讪笑着说：“真的是不能和有智慧的人乱开玩笑啊！我这还把自己给整尴尬了哟！”

《晏子春秋》说“橘生淮南为橘，生淮北为枳”，这其实是当时的人认识上的一种错觉，其实橘和枳，是相近而不同的两种树。查阅植物学辞典可知，橘和枳都属于芸香科类植物，但橘属于柑橘属，而枳属于枳属，两个本就是不同的树种，当然也会有不同的果实。

晏子的说法虽不科学，但也还符合一般人的认知，即橘是一种南方的水果，不适合移植于北方。

橘，生长在南国，代表着南国，得南国水土之益，受天之命而不肯迁移于北国，其形象具有一种象征符号式的意义。

《橘颂》作者屈原，可以说是中国第一位公认的大诗人，他出身于楚国的王族，是楚武王熊通之子屈瑕的后代，自幼受到良好的教育。

屈原既熟悉中原经典又熟悉楚国传统；既精通楚国古

老律法又擅长外交辞令；因为出身高贵，又少年颖悟，颇有才气，所以屈原很年轻就开始担任公职。

20 岁时，屈原在鄂渚担任地方官。一年后，周慎靓王二年（前 319），楚怀王听到人们都在赞扬屈原的文化修养很高，于是选拔屈原担任了左徒。这是一个非常重要的职位，因为战国末期曾经主持过楚国政治的春申君，在担任最高职位令尹（相当于后来的宰相）之前,也是左徒。大概在战国时期,左徒就是楚国职级仅次于令尹的职位了。左徒有两个职责：一是在王身边出谋献策；二是负责楚国的外交政策，管理外交事务，代表楚国从事外交活动。

屈原担任左徒期间，其外交政策是联合齐国，对抗秦国。应该说,这是有远见的政策,因为齐国在东,秦国在西。在屈原时代，秦国和齐国的国境都已经与楚国相接，秦国正在向东向楚步步进逼，楚国如果争取到齐国的支持，则抗击秦国就有了后盾。楚国如果一直坚持联齐抗秦的国策，秦国很难打败楚国。但是，在楚国内部，除了屈原所代表的亲齐派之外，也有亲秦派，因为历史上楚国和齐国、秦国王室都曾有长期的联姻关系，秦楚联姻的传统和齐楚联姻的传统，在楚国内部同样有影响力。

所以在合纵攻秦遭受挫折之后，楚怀王就站到了亲秦派一边，疏远了屈原，免去了他的左徒职务，将其任命为三闾大夫。三闾大夫是主管楚国的王族昭、屈、景三姓事务的官，从职级上讲，应该也不低。而且这个职位主管王族事务，除政务外，大概也有宗教上的职责，对于巫风很盛的楚国来说，担任这个职务的人，也是具有精神领袖地位的人。屈原《楚辞》中，有很多宗教巫歌类的诗歌，甚至其自传性的《离骚》中也有很强的宗教神话色彩，这与屈原曾经担任此种职务也有一定关系。

后来，楚怀王一再中秦国的奸计，一败于丹阳再败于蓝田,损兵折将,失地千里。屈原除中间短暂得到再次任用,出使齐国外，一直遭受楚怀王冷遇，职位几升几降，后来还被流放到汉水之北。

周赧王十六年（前 299），楚怀王不听已从流放中归来的屈原和其他大臣的劝告，赴秦与秦昭襄王会面，在武关被秦国扣留。秦国胁迫楚国割让领土,楚国不服,第二年,楚国立太子为新王，是为顷襄王，楚怀王最终客死秦国。

顷襄王也不信任屈原，先后两次将其流放，楚国被秦国进攻，国势每况愈下。

周赧王三十七年（前 278），秦将白起攻占楚都郢城。流放中的屈原听到消息，于农历五月初五投汨罗江自尽。

《橘颂》是屈原《楚辞》中的一篇，大意是赞美橘树扎根南国、独立不迁的风骨。另外,《橘颂》作为我国最早的一首咏物诗，确立了通过咏物来表达诗人情怀的咏物诗传统。

此诗以拟人的手法先讲橘的性格，说橘是一种伟大、光辉的树，自来就生长在南国，受皇天（天神）后土（土地神）之命，坚守在南国，不肯迁移他地。他深深扎根于楚国的土地上，他的志向从不改变。

接着讲橘的形象外表:橘有绿色的叶子，闪耀着光辉，绿叶纷披，令人喜悦。橘有一层层的密密树枝，也有小小的尖刺，但橘的果实饱满，圆圆的让人喜爱。橘有青色和黄色的果子，那不同颜色交织的树啊，就像是美丽的图案。剥开那果子，内里一瓣瓣的果瓤由纯白的橘络包裹，多么像是秀外慧中的人才,可以担当重任。橘是那么枝繁叶茂，美丽窈窕。

然后称颂橘的品德与志向。将其拟人化来进行赞美，说橘自幼就有大志，与众不同，迥出同侪，他坚挺地独立于大地，这种品德多么可贵。橘的根深深扎在地里，他张开宽阔的胸怀，没有任何私心，无欲无求。他在茫茫的世界上保持着清醒，坚守着独立的精神，像是一位勇士，奋力地横渡江河而不随波逐流。他杜绝了世界的纷扰，沉入内心，慎终如始，不犯任何过错。他秉持着真诚的品行，像天地一样无私。他最后讲到自己的愿望：愿意与橘树同德，生于斯，老于斯，永远与橘树为友，要学习橘树的正直，学习坚持真理的品行。橘树啊，你虽然年轻，却值得我学习、师从；你的品行就像伯夷一样，可以作为我终生学习的偶像。

诗中的橘树，其实是屈原心目中楚人的理想象征。楚人的祖先筚路蓝缕，开创了基业，坚守在南国，成就了泱泱大楚，创造了辉煌的楚文化。诗中的橘树，同时也代表了屈原心中的理想人格。“苏世独立，横而不流”，清醒理智，坚持独立见解，决不随波逐流。“秉德无私，参天地兮”，保持正直、无私的品德，如天地一样，不偏不倚。

这是一首楚人的诗，但它所代表的气节和精神并不仅限于一隅之地，诗中借对橘树的颂扬表达了对故土的热爱、对理想的坚守。

诗词链接

赋比兴

《诗经》中运用的三种主要表现手法，是中国古代根据《诗经》的创作经验归纳出来的诗歌表现手法。

“赋”是直接叙述或描述，“比”是打比喻，“兴”是“先言他物以引起所咏之词”。三者中，争议最多，也最有意思的是兴。比如《诗经》第一首《关雎》，开头讲“关关雎鸠，在河之洲”，与后面的“窈窕淑女，君子好逑”之间，并不是一种直接比喻关系，而是从眼前美好的风景，可联想到男女间两情相悦，而读者则会隐隐约约地认为两者之间有一定关联，形成一种暗示的氛围。

“比”和“兴”之间，并没有明显的界限，所以古人把“比兴”联称，当成诗词中重要的表达方式。诗词中的“比兴”，含有“言在此而意在彼”意蕴，也就是古人说的“寄托”。比如辛弃疾《摸鱼儿》（更能消几番风雨）表面写美女伤春，其实寄托了自己壮志未酬的失落，比兴手法可以使诗词内涵更加深刻、表达更加丰富。

司马相如　凤求凰

有一美人兮，
见之不忘。
一日不见兮，
思之如狂。
凤飞翱翔兮，
四海求凰。
无奈佳人兮，
不在东墙。
将琴代语兮，
聊写衷肠。

凤求凰

司马相如

有一美人兮，见之不忘。
一日不见兮，思之如狂。
凤飞翱翔兮，四海求凰。
无奈佳人兮，不在东墙。
将琴代语兮，聊写衷肠。
何日见许兮，慰我彷徨。
愿言配德兮，携手相将。
不得於飞兮，使我沦亡。

凤兮凤兮归故乡，
遨游四海求其凰。
时未遇兮无所将，
何悟今兮升斯堂！
有艳淑女在闺房，
室迩人遐毒我肠。
何缘交颈为鸳鸯，
胡颉颃兮共翱翔！
凰兮凰兮从我栖，
得托孳尾永为妃。

交情通意心和谐，
中夜相从知者谁？
双翼俱起翻高飞，
无感我思使余悲。

凤在天上飞，飞遍了天下四方，但只有凰能够吸引他，只有凰才是凤的唯一！这就是凤求凰的秘密。

因为有以琴曲《凤求凰》“琴挑”卓文君的故事，司马相如在大家心目中，一定是一位非常潇洒的英俊才子，不然，美丽的卓文君又怎么会一下子就看中了他，甚至为了他，丢下富可敌国的娘家，跟他私奔呢！

其实大家都错了，司马相如诗赋写得无比出色，却是一位结巴的才子，口吃得还挺厉害，《史记·司马相如列传》说：“相如口吃而善著书。”

有意思的是，这位口吃的才子最崇拜的人是谁？是战国时赵国那位口齿伶俐，能以惊人的机智将和氏璧完璧归赵，又能以三寸不烂之舌在渑池之会压住强秦的气焰，圆满完成使命的蔺相如。所以本名司马长卿的他，才会将名字改成相如，他改名就是为了表达自己对蔺相如的崇拜之情。真是缺什么，就特别渴望什么啊。

而且司马相如并不是一位思路敏捷的作家，他写东西非常慢，是慢工出细活的那类人。《文心雕龙·神思》说"相如含笔而腐毫"，嘴里含着毛笔在那里想啊想啊，想的时间太久，毛笔都要被唾液给腐蚀了。你说，这司马相如写东西，速度该有多慢啊！

司马相如不仅口吃、写东西很慢，而且运气也不大好。他自幼就很用功，在写作方面下了很大功夫，也一心想有施展才能的机会。20来岁时，他出钱得了一个官（汉初财政困难，出钱得官，是合法途径），成了一名武骑常侍。这职位其实不错，离皇帝也近，属于皇帝侍卫一类。但当时的汉景帝却不喜欢辞赋，也就对司马相如最擅长写作的那类文学根本不感兴趣，司马相如得不到赏识。后来相如听说梁孝王喜欢辞赋，就以身体不好为由辞了职，到梁孝王那里去当了文学侍从，并为梁孝王作《子虚赋》。可是好景不长，梁孝王去世，司马相如又没了去处，只得回到家乡成都。这时，司马相如的朋友王吉在临邛当县令，司马相如就来投奔他。王吉看到司马相如年纪不小，却既没娶妻成家，也没挣下一点家当，没有谋生的途径，就为司马相如设计了一个既可抱得美人归又可一夜暴富的方案。

一天大清早，王吉下令县衙上下打扫卫生，称要接待一位重要的客人。大家一直忙到快中午，县令王吉亲自出城，迎来了贵客司马相如。宾主相见，设宴招待之后，王吉就安排司马相如住进了都亭（相当于县招待所）。

此后，王吉每天都以一种非常恭敬的态度，去拜见司马相如。相如开始还接待一下，后面就摆起架子，经常让门卫推说自己身体不舒服,不予接待,王吉态度却更加恭敬。

临邛城里有钱人很多，其中首富当推卓王孙。卓王孙家里光家丁童仆就有 800 多；另外富豪程郑，也有好几百童仆。两个富翁见县令这么尊重司马相如，就在一块儿商量，要在卓王孙家宴请县令和司马相如。宴请那一天，县令到了酒席上，只见卓王孙已经请来了好几百位客人；又见他们去请司马相如，司马相如还是推说身体不舒服，不肯来。县令王吉就亲自去请司马相如。相如推托不过，才勉强赴宴,当他到酒席前,“一座尽倾”,所有人都为之倾倒。大家把酒甚欢，酒酣耳热之时，王吉就亲自献上了一首琴曲，乘机对司马相如说：“听说长卿爱好鼓琴，请演奏一曲吧。”相如推不过，就演奏了一曲，就是这首《凤求凰》。

卓王孙的女儿卓文君，本来已经出嫁，谁知婚后不久，丈夫去世，就回到了娘家居住。卓文君是远近闻名的大美女，非常热爱音乐，家里又有万贯家产。县令就为司马相如设计了一个追求卓文君的方案。在卓家酒宴上，王吉请相如鼓琴，就是为了让相如借题发挥，相如就用琴曲中藏着的心意来打动卓文君。

有一位美人，我一见之后，再也忘不了她。

只要一天见不到她，我就如痴如狂。

凤在天上飞，四海翱翔，只为寻找，他唯一的凰。

可是那美人，却不在我隔壁的东墙上等我。

我只能以琴声代替语言，向她诉说衷肠。

何时才能得到她爱的诺言啊,安慰我彷徨不定的心思。

愿我能够配上她美好的品质啊，与她携手共行。

不能一起飞翔啊，让我几乎拍不动翅膀。

凤啊凤啊，回到了故乡，他曾四海遨游只为寻找他的凰。

找遍了天涯也未得相遇啊,哪知道今天相见在这庭堂!

有一位女子娇艳又贤淑，她深居闺房，离我很近却又不得接言，我的心里焦急啊，五内俱焚。

能不能有缘交颈共眠如一对鸳鸯，一起鸣叫着你追我赶在天空翱翔!

凰啊凰啊来我身边吧，我们坐卧都不分开，永远相爱缠绵。

来吧，我的凰啊，凤与凰的心，如此相通，如此和谐，如果你在深夜中投向我怀抱，又有谁会知晓?

让我们展开爱的双翼，一起展翅飞翔，不要辜负了我的思念啊让我悲伤。

话说卓文君那一边,从当初司马相如作为县令的贵客，来到临邛，乘着华丽的马车，穿着打扮、风度仪表都非常有派头。卓文君也和一般好奇女子一样，在人群中见了相如，心里就有一点点躁动。等到司马相如在卓家的酒宴上令众人倾倒，又当众演奏起清扬婉转的琴曲，而曲目竟然是《凤求凰》，躲在门后面偷看的卓文君当时就心旌动摇，难以自持，如失魂落魄一般迷上了相如，“心悦而好之,恐不得当也”。只觉得司马相如有千般的好、万般的佳，简直如梦幻中人。她满心地喜欢相如，却又无比忐忑，担心自己配不上相如。

司马相如回去后，当晚就派书童给卓文君身边的侍女送去重礼，请她向卓文君转交自己写给文君的求爱信。卓文君正被爱情迷得神不守舍之时，接到情书，一刻也等待不下去了，立时就跑到了司马相如住的都亭，当晚就和司马相如私定了终身。两人怕卓王孙发觉，乘着月色、坐上马车连夜驰回了成都。

回到成都司马相如的家，卓文君才发现，原来司马相如竟然这么穷，“家居徒四壁立”。家里除了四面墙壁，啥东西都没有，可以说几乎穷到一贫如洗的地步。

那边卓王孙发现女儿竟然跟着司马相如私奔了，于是暴跳如雷,说这个女儿把我的脸都丢尽了,我虽不能杀了她，但一个钱也不会分给她的！一时气愤之下，谁劝都不听。

这边卓文君虽得到了爱情，但熬不过现实生活中的穷苦。这司马相如也太穷了！过了一段苦日子，卓文君实在受不了了，就和相如商量说，长卿啊，我们还是回临邛吧，哪怕找弟弟借钱过日子，也比在成都受苦强嘛。于是两口子就回到了临邛。司马相如把自己原来用于装门面的马车卖掉，用换来的钱去租了间门面房，开起了小酒馆。此时正好是夏天，小酒馆生意还不错。卓文君坐柜台卖酒，司马相如穿着大裤头和伙计们一块儿洗碗、洗盘子。临邛城里人们议论纷纷，卓王孙觉得丢脸，闭门不出。家族的兄弟长辈都劝他说，你就一儿两女，缺的又不是钱，文君已经失身司马相如，不能回头了，司马相如虽说穷点，暂时也没当官，但毕竟挺有才，相貌堂堂，又是县令的贵客，有个这样的女婿也不丢脸，何苦弄得大家都没面子！

卓王孙不得已，就把家产分给文君，给钱百万，又给她 100 童仆，还有嫁妆衣物，各种财物一大堆。文君就和相如回到成都，买房买地，成了有钱人。不久司马相如又获得汉武帝召见，成为大汉盛世里著名的宫廷文人，之后的人生也可算是一路“开了挂”。

司马相如以一曲《凤求凰》“琴挑”卓文君，当年大概曾经轰动临邛、成都两地，其故事又通过《史记·司马相如列传》，成为一段流传千古的佳话。直到晚唐李商隐，还在诗里写道：“美酒成都堪送老，当垆仍是卓文君。”汉代到晚唐已是近千年过去，但在李商隐诗里，卓文君好像还在成都，还坐在那酒柜边，风姿绰约，仪态万千。

刘彻

秋风辞

秋风起兮白云飞，

草木黄落兮雁南归。

兰有秀兮菊有芳，

怀佳人兮不能忘。

泛楼船兮济汾河，

横中流兮扬素波。

箫鼓鸣兮发棹歌，

欢乐极兮哀情多。

少壮几时兮奈老何！

秋风辞

刘彻

秋风起兮白云飞，
草木黄落兮雁南归。
兰有秀兮菊有芳，
怀佳人兮不能忘。
泛楼船兮济汾河，
横中流兮扬素波。
箫鼓鸣兮发棹歌，
欢乐极兮哀情多。
少壮几时兮奈老何！

秦皇汉武，留下的故事无比丰富，这既是因为作为帝王，他们创造的事业特别宏大，也是因为他们都是充满争议的帝王。另外，还有一个被大家忽视了的因素就是记载他们事迹的是司马迁，一位最有创造性的史学家。此外，各种小说添油加醋，更增加了秦皇汉武的故事的离奇性。

尚武的男儿们最热爱的当然是汉武帝时年轻的将军霍去病的故事。

而一般大众当然对金屋藏娇的故事充满了兴趣。

文人们津津乐道的当然是长门怨的故事。

其实这些故事，从时间上是具有一定连续性的。

当汉武帝刘彻还是皇子的时候，那时他还不叫刘彻，而叫刘彘（彘就是猪，刘彘应该是刘彻的小名）。刘彘特别喜欢到姑母——长公主府里去玩，阿娇是公主的女儿，和“刘小猪”是表姐弟关系。有一次，公主把“刘小猪”抱在膝上逗他玩，说要是有一天你长大了，我把阿娇嫁给你，你会怎么对待阿娇？聪明的“刘小猪”说，嗯，要是我能得到阿娇姐姐当我的妻子啊，我一定造一座金屋子把阿娇藏起来，让她住在金屋子里无忧无虑地生活。

长公主看这个侄儿这么喜欢自己的女儿阿娇，脑子又这么灵光，当然非常高兴。正好前一段时间，长公主曾经向弟弟汉景帝身边的红人栗姬提议结亲，让女儿与栗姬的儿子——太子刘荣定亲。谁知竟遭到了栗姬拒绝（栗姬之所以会拒绝，是因为长公主为讨好景帝，经常给景帝献美女，影响了皇上对栗姬的专宠）。长公主对此很生气。现在刘彘的回答让她又看到了希望，于是长公主先去找刘彘的母亲王姬。王姬一想，自己一个没有靠山的妃子，竟然有如此好事从天而降，皇上的唯一亲姐找上门来要和自己结亲家，当即答应了长公主。长公主又去找景帝，景帝开始不同意,但经不住姐姐搅缠,还是答应了。有了刘彘(现在大名已经叫作刘彻了)这个皇子女婿，长公主当然就开始运作把自己女婿顶上太子的位置，把刘荣给赶下去。

第一步,长公主先是常常当着景帝夸赞刘彻聪明懂事,动摇景帝对太子的宠爱。

第二步，说栗姬坏话，栗姬是景帝身边红人，怎么破坏景帝对栗姬的宠爱？有，栗姬善妒，会对着景帝要点小脾气，于是长公主就经常在景帝面前说栗姬这个缺点，放大景帝对栗姬的不满。

第三步，长公主又对景帝说:“栗姬跟别的妃子、宠姬聚会吃饭时，安排侍从在人家背后吐口水诅咒，放行巫蛊之术。”景帝大怒。

第四步，等到景帝对栗姬的不满正在火头上的时候，长公主又唆使大行令(管外交的大臣)向景帝上书说:“母以子贵，请立太子刘荣的母亲栗姬为皇后。”景帝看到奏章气愤地说，这也是你管的事！竟将大行令论罪处死，之后一不做二不休，把太子刘荣也废掉，改为临江王，册立刘彻为太子。栗姬彻底失势，很快忧惧而死。

经过长公主一番“神操作”，刘彻果然成了太子。阿娇成了太子妃。等到景帝驾崩，刘彻即位成了皇帝，阿娇也成了皇后。

但故事到这里并没有结束，从太子妃到皇后，美丽的阿娇却一直没能给刘彻生下一个儿子。不仅阿娇没有，刘彻的整个后宫，也没有一位嫔妃能给他生下一个子嗣。

汉武帝即位的第二年，即建元二年（前 139）三月初三上巳节，汉武帝刘彻从灞上祓禊归来，顺路到大姐平阳公主家探望。平阳公主设下酒宴，并安排了好多美女服侍武帝，武帝都没看上。谁知武帝上卫生间的时候，碰见了服侍的舞女卫子夫，对她动了欲念，就在卫生间外的小屋临幸了她。武帝回到座位，显得挺高兴。平阳公主知道原因后，就把卫子夫献给武帝。不过武帝身边的女人很多，卫子夫进宫之后，武帝就基本把她给忘了。一年多之后，武帝亲自主持，将宫里一些不被宠爱的宫女放回家，这时又见到了卫子夫。卫子夫哭泣下跪请求出宫，却再次被武帝恋上，于是，她又一次得到宠幸。就这一次，卫子夫竟有了身孕，之后深得武帝的宠爱，陆续生下了三女一子。

武帝不仅宠爱卫子夫，而且很照顾她的家人，卫子夫本来只是平阳公主家的一个舞女，得到宠幸后，其弟卫青和外甥霍去病都得到了重用。这两位皇亲，也没有辜负汉武帝对他们的宠信，两人带兵击败匈奴，创下了古来少有的伟绩。

那边陈皇后（阿娇姓陈，其父为堂邑侯陈午）生不了孩子，逐渐遭到冷落，从金屋藏娇变成了冷宫藏怨，并逐渐开始迷信巫蛊，和一个叫楚服的女巫打得火热。

楚服一边在宫中为阿娇作法，施巫术企图加害卫子夫，使武帝回心转意；一边和阿娇成了同性恋的关系，每天出双入对，“与后寝居，相爱若夫妇”。世上没有不透风的墙，武帝知道后，处死了楚服，废掉了陈皇后阿娇，将其赶到长门宫居住，打入冷宫，永不再见。

一年多之后，卫子夫被立为皇后。

霍去病远征匈奴的故事，是卫子夫从受宠到立为皇后的故事延伸。这个故事既说明了古代政治的任人唯亲，也说明了信任的重要性。

元狩二年（前 121），汉武帝任命年仅 19 岁的霍去病为骠骑将军。两年时间里，卫青和霍去病竟然完成了看似不可能完成的任务——彻底击败了骠悍的匈奴，将匈奴单于驱赶到了漠北。元狩四年（前 119），霍去病在狼居胥山举行祭天仪式，这就是千古相传的“封狼居胥”。这一年霍去病年仅 21 岁。

至于长门怨的故事，说的是阿娇被废，居于长门，郁郁寡欢，于是派人送了黄金百斤给司马相如。司马相如就写下了《长门赋》。武帝见赋后，又重新亲近了陈阿娇。

汉武帝喜欢辞赋，所以司马相如、东方朔都能够被武帝赏识。而汉武帝本人，其实不仅是一位辞赋爱好者，也是一位有修养有天分的诗人、辞赋作者。

《秋风辞》,是一首有楚辞味道的诗。此诗的写作背景，是在元鼎四年（前113），武帝到河东汾阴（今山西省万荣县）祭祀后土（土地神）。武帝乘坐楼船泛于汾河，宴于中流，此时刘彻已经44岁。在事业达到顶峰之时，一边是欢喜愉悦，一边想到了生命有限，欢乐不可能永远，因此又有了生命的感喟。

诗中说：

秋风起时，白云也在飞驰，草木渐渐变黄，叶子开始飘落，大雁南归，排成队在天空飞过。

兰草在春天里开花，菊花在秋天里散发芳香，我思念着佳人啊，不能忘怀。

乘着楼船航行在汾河，楼船行进在汾河的中间，扬起了洁白的波涛。

箫鼓齐鸣，水手们一起唱起了船歌，欢乐到达顶点时就会哀从中来。

为什么哀愁啊，因为想到少壮能有几时，再伟大的人也不能战胜岁月与衰老！

刘彻诗中所怀念的佳人，究竟是哪一位女子？可是当年他爱过的阿娇？

一些学者认为，长门怨的故事，纯属虚构，阿娇被废之后，再也没能见过刘彻。我倒宁愿相信，虽然权势、阴谋毒害了他们的关系，如果能够回到最初，“刘小猪”还是舍不下陈阿娇。

武帝作《秋风辞》之时，阿娇可能已不在人世。司马相如代作的《长门赋》中说：“忽寝寐而梦想兮，魄若君之在旁。”阿娇在梦中恍惚回到刘彻的身旁，那么刘彻在楼船之上、众人的拥护之中，仿佛也远远地看到了当年的阿娇吗？

诗词链接 ● 《楚辞》

“楚辞”是楚国诗人屈原首创的一种新诗体。《楚辞》运用楚地的方言声韵，叙写楚地的山川人物、历史风情，具有浓厚的地域文化色彩。今本《楚辞》由西汉刘向编成，共十七篇，包括《离骚》《九歌》《天问》《九章》《招魂》《九辩》等。《楚辞》以屈原和他的弟子宋玉作品为主，也有汉代人的仿作。楚辞的特点是想象丰富、语言瑰丽，充满了神话色彩。与《诗经》古朴的四言体诗相比，楚辞的句式较活泼，在节奏和韵律上独具特色，更适合表现丰富复杂的思想感情。

屈原融合了中原文化与楚地诗歌传统，将楚地巫歌变革成表达深刻情感的诗歌，成为历代诗人的鼻祖。

“楚辞体”也被称为“骚体”，因屈原《离骚》而得名，与因十五《国风》而称为“风”的《诗经》相对，分别为中国浪漫主义与现实主义的鼻祖。后人也常以“风骚”代指诗歌，以“骚人”称呼诗人。

曹操　短歌行

对酒当歌，

人生几何！

譬如朝露，

去日苦多。

慨当以慷，

忧思难忘。

何以解忧？

唯有杜康。

青青子衿，

悠悠我心。

短歌行

曹操

对酒当歌，人生几何！
譬如朝露，去日苦多。
慨当以慷，忧思难忘。
何以解忧？唯有杜康。
青青子衿，悠悠我心。
但为君故，沉吟至今。
呦呦鹿鸣，食野之苹。
我有嘉宾，鼓瑟吹笙。
明明如月，何时可掇？
忧从中来，不可断绝。
越陌度阡，枉用相存。
契阔谈讌，心念旧恩。
月明星稀，乌鹊南飞。
绕树三匝，何枝可依？
山不厌高，海不厌深。
周公吐哺，天下归心。

《三国演义》中,才子陈琳为袁绍作《为袁绍檄豫州》,将曹操骂了个狗血淋头,甚至骂了其祖宗三代。这时曹操正在患头痛病,躺在床上,读了檄文,一下子跳了起来,说:“这文章好,能治我的头痛!”后来袁绍败亡,陈琳当了俘虏,被带到了曹操面前。曹操并没有杀了陈琳来报被辱骂的怨仇,只是埋怨说,你给袁绍作檄文,只骂我就行了,为何把我祖宗三代都带上了?陈琳只得讪讪地说:“各为其主吧。”曹操果然不再追究,反而重用陈琳。

《三国演义》成功塑造了奸雄曹操的形象,以至于人们心目中的曹操就成了脸谱化的奸诈的代表。但是即使在《三国演义》中,曹操也仍然显示出其爱才的本性和求贤若渴的作风。

《短歌行》中,我们可以见到另一个曹操——诗人曹操,一位熟悉《诗经》以来的文学传统,善于将自己胸怀表白于诗中,能够贯彻“诗言志”主张的诗人。诗中“青青子衿,悠悠我心”“呦呦鹿鸣,食野之苹。我有嘉宾,鼓瑟吹笙”都是《诗经》中的原文;“周公吐哺”来自《史记·鲁周公世家》。这些句子和典故被曹操用得天衣无缝,很好地抒发了自己的情怀。

诗中曹操以周公自居,重点表达了自己求贤若渴,希望能够与天下英才共谋大事的心情。“山不厌高,海不厌深”

后来成了成语。

说曹操深谙《诗经》以来的文学传统,还有一个理由,就是其中表达感情的方式，十分曲折委婉，有一唱三叹、一波三折之妙。

诗一开头就说：人生苦短，有什么方法能够解忧呢？只有饮酒。传说杜康就是夏朝的君主少康,是酒的发明者。所以说“何以解忧？唯有杜康”。但是一个人喝闷酒，总不是好办法，于是开始想起久违了的友人们来，你那黑衣衫啊，虽然普普通通，却叫我十分想念。

于是摆起了酒宴，弹奏起锦瑟，吹起笙竽，召唤起散居在各处的旧友新朋,“朋友们,来吧,来吧,都来欢聚吧”!

人生难免有忧愁，就像月亮挂在天空一样，月亮不可能停止照耀大地，人的忧愁也不可能断绝，但是……

但是请看，我的那些亲爱的朋友不是来了吗！从四面八方，走过大路小路，跨过田埂、沟渠，他们来了，带来了言语，带来了欢笑，带来了心灵的交流和沟通，互相倾诉着思念，倾诉着别离日子里的孤单、寂寞与忧愁。

月亮高高地升起在夜空中，星星被月亮的光芒照得黯淡了，乌鹊们不要向南飞了，因为在南方，并没有合适的大树来接纳你们。乌鹊们久久地在南方的空中盘旋，却找不到可以栖身的树枝！

都到这里来吧！我曹操希望效法周公，希望广聚人才，与天下英贤共谋大计，我求贤若渴的心情，丝毫也不亚于那位千年前的周公（夏商周断代研究认为公元前 1046 年为武王克商之年，曹操卒年为公元 220 年）啊！

诗中的思想和感情流动十分自然，颇有些“意识流”的味道，随着情绪的变化而不断转换画面与场景，在想象中为读者展开了“盛宴”，贯穿了古今。从广告效应上讲，这种画面与场景，会给曹操所期望吸引的那些天下俊才造成一种幻觉，一种曹公就是当代周公的幻觉，这也正是曹操希望通过此诗达到的目的。

这首《短歌行》的写作时间，有学者认为在建安元年，当时曹操刚刚把汉献帝迎到许昌。他以周公自居，踌躇满志，已有了一统天下的信心，满心里想的都是人才，渴望天下人才都能为他所用。

诗里乌鹊南飞，找不到栖身的树枝，可能因为当时南方孙策正在大肆杀戮江东英雄，曹操有感而发。另外荆州的刘表，号称“八俊”之一，却不能任用人才。像著名才子、“建安七子”之一的王粲就因为其貌不扬，在刘表手下得不到重视，才郁郁寡欢，写下著名的《登楼赋》，留下了“夜参半而不寐兮，怅盘桓以反侧”（忧思难耐，夜半不能入睡，愁怅得翻来覆去睡不着）的郁闷之句。所以南飞的鸟找不到栖息的树枝，既是曹操的一种宣传，也可以说是接近事实的历史真相。

尽管处心积虑不由自己来称帝篡汉，但曹丕篡汉，人们还是把账算在曹操的头上。所谓“司马昭之心，路人皆知”，曹操之心，大概也是如此。

就诗说诗，我还是欣赏《短歌行》中那位呼朋唤友、对酒当歌的阿瞒。

诗词链接

● 古体诗

古体诗又称“古诗”“古风”，其特点是：格律自由，不拘对仗、平仄，押韵较宽，篇幅长短不限，句子有四言、五言、六言、七言体和杂言体。唐以前各种形式的诗歌、楚辞、乐府诗等都属于古体诗。“歌”“歌行”“引”“曲”“吟”等也属古体诗。古体诗是近体诗兴起之前的诗体。

古体中有四言、五言、七言及杂言。曹操的《观沧海》、陶渊明的《停云》都是四言诗的典型例子。五言和七言古体诗作较多，简称五古、七古。五古最早产生于汉代。《古诗十九首》都是五言古诗。汉代以后，写五言古诗的人很多。南北朝时的诗大都是五言的，唐代及其以后的古体诗中五言的也较多。到了唐代，七古大量地出现，唐人又称七古为长句。

杂言诗也是古体诗所独有的。诗句长短不齐，有一字至十字以上的，一般为三、四、五、七言相杂，而以七言为主，故习惯上归入七古一类。《诗经》和汉乐府民歌中杂言诗较多。唐代李白也擅长杂言诗。此外，古绝句南北朝和唐时也多有作者，同样属古体诗范围。

古体诗在发展过程中与近体诗有交互关系，南北朝后期出现了讲求声律、对偶，但尚未形成完整的格律，介乎古体、近体之间的新体诗。唐代一部分古诗有律化倾向，乃至古体作品中常融入近体句式。但也有些古诗作者有意识地与近体相区别，多用拗句，间或散文来避律。

曹植　南国有佳人

南国有佳人，

容华若桃李。

朝游江北岸，

夕宿潇湘沚。

时俗薄朱颜，

谁为发皓齿？

俯仰岁将暮，

荣耀难久恃。

南国有佳人

曹植

南国有佳人，
容华若桃李。
朝游江北岸，
夕宿潇湘沚。
时俗薄朱颜，
谁为发皓齿？
俯仰岁将暮，
荣耀难久恃。

南国，总是与浪漫联系在一起。古人的心态相当矛盾。一方面，古代的士大夫都不愿意离开中原地区，西汉、唐代首都在长安，东汉首都在洛阳，北宋的首都在汴梁，所以当时的士大夫只要是离开了陕西、河南这些地方，到南方去任职，都会流露出老大不高兴的样子，如韩愈、柳宗元被安排到南方，都像遇到了很大的灾难一样。白居易到了九江，任了一个江州司马，离中原还并不是很遥远，就把那地方说得很不堪，似乎环境恶劣，十分荒蛮，当然更谈不上什么音乐与享受了："浔阳地僻无音乐，终岁不闻丝竹声。住近湓江地低湿，黄芦苦竹绕宅生。其间旦暮闻何物？杜鹃啼血猿哀鸣。"可是，奇怪的是，另一方面，文人们一笼统地说到南国、南方，马上又像是换了频道，心里充满了幻想，又把这两个词当成了格外浪漫的意象。

《诗经》中有一首《汉广》，其中说："南有乔木，不可休思；汉有游女，不可求思。"汉代一本关于《诗经》的《韩诗内传》讲到一个故事，说起在南国，在汉水之滨，一个叫郑交甫的人，遇到两位美丽的少女，郑交甫向少女求其身上佩戴的玉佩，二女就解下玉佩送给郑交甫。郑交甫将玉佩藏在胸口，走开几十步之后，发现玉佩没了，再回头望两位少女，发现少女也突然消失了。郑交甫只好吟诵着《诗经·汉广》中的诗句"汉有游女，不可求思"，憾恨地离开了。

南国有少女，少女不可求。可遇而不可求，会神秘地玩失踪，这是北方男子对南方少女的浪漫想象。

曹植把这种想象更加浪漫化，不再讲一个男人与两位少女的故事，而是通过幻想，直接把眼光投向了南国，投向了水边的少女，投向了她的容颜、她的奔跑、她的洁白的牙齿……

南国这位佳人，究竟长什么样，曹植只告诉我们，她的容华像桃李一样，还有就是她的牙齿很亮白。

但是，她的眼睛是单眼皮还是双眼皮？她的眉毛是弯的还是直的？眼睛大吗？脖子白皙吗？她是高鼻梁吗？她是樱桃小口还是朱莉娅·罗伯茨那样的性感大嘴？她的鬓角美丽吗？她的身高多少，是细长高挑还是健康高大，抑或是娇小玲珑？她的腰肢有多细？她的腿有多长？……这些其实我们都不知道，但，这并不妨碍我们觉得她很美，甚至，这种模糊化的处理，更增加了我们对她很美的确信。

有人说古希腊盲诗人荷马是伟大的，《伊利亚特》中，引发特洛伊战争的是海伦的美，但是荷马对于海伦的美，却很少以具体的笔触去描写。通过荷马，我们只知道海伦的肩膀很白。但是对海伦的美的最集中的表现，是在特洛伊的元老大会上。本来，元老们鉴于战争已经进行了10年，特洛伊已经凋敝，而且即将面临毁灭，在这种情况下，元老们商议，下决心送海伦回到希腊人那边，将海伦还给她的丈夫，将战争的祸端清除。决定本来已经作出，就在这时，海伦听说元老院要作出关于她何去何从的决定，来不及梳洗打扮、匆匆素颜赶到元老院。谁知元老们一见到海伦的美貌，一下子就改变了主意。元老们互相说，特洛伊人和阿开亚人（希腊人）打仗是值得的。元老院最终决定，宁可把战争继续下去，也要把海伦继续留在特洛伊。

本来，老年人心肠是冷的、硬的，不会再被美女所打动。

但连德高望重的元老们，见到海伦的美貌都会改变原先理智的决定，做出不理性的、冲动的决策，海伦的美于此可见，具体的容貌、身段描写，不写也罢。

高明的文学中，在讲到美女时，不做过多的具体描绘，说白了道理其实也很简单：因为美本来就是很主观的东西，虽然有共同的美感，但又有很多具体的区别，你喜欢高挑身材，他喜欢小巧玲珑；你喜欢看健康结实的女孩，他却偏爱林黛玉式的柔弱。如果诗人将佳人的美写得具体了，也许无心之中就毁了你心中的好感，反倒是描写得简单一点、模糊一点，更能够得到所有人的喜欢。

不过海伦虽有惊人的美貌，却不够检点，丈夫斯巴达国王墨涅拉奥斯出门了，一位英俊的特洛伊王子帕里斯正好来访，海伦就受了引诱，跟帕里斯私奔了，导致阿开亚人和特洛伊人流了10年的血，造成了特洛伊的毁灭。

曹植诗中的这位南国佳人，却是一位有着端庄之美的矜持少女。你看，她知道世上一般轻浮之人往往会以轻薄态度来看待美丽的年轻女子，于是轻易不肯开口与人交往，虽然青春易逝，但一定要坚守内心的追求，等待那真正的知音，等待真正懂得欣赏她的美、尊重她人格的男子出现。

屈原《橘颂》歌咏道：

后皇嘉树，橘徕服兮。
受命不迁，生南国兮。
…………
苏世独立，横而不流兮。
闭心自慎，终不失过兮。
秉德无私，参天地兮。

南国佳人的内美就像那南国的橘树一样，“苏世独立，横而不流”。这人格之美，又岂是海伦所能比拟的！

诗词链接

近体诗

近体诗也称为“今体诗”，包括绝句、律诗、排律等形式，约形成于唐代，是相对于古体诗而言的。句数、字数、平仄、用韵等都比古体诗严格，声韵有定则，且除排律外，句数都有限制。

绝句：即“绝诗”。亦称“截句”“断句”。“截”“断”“绝”均有短截义，因定格仅为四句，故名。

律诗：律诗的中间两联必须对仗。第二、四、六、八句押韵，首句可押可不押，通常押平声。分五言、七言两体，简称五律、七律。亦偶有六律。每首十句以上者，则为排律。律诗中，凡两句相配，称为“一联”。五律、七律的第一联（一、二句）称“首联”，第二联（三、四句）称“颔联”，第三联（五、六句）称“颈联”，第四联（七、八句）称“尾联”。每联的上句称“出句”，下句称“对句”。

刘桢　赠从弟（其二）

亭亭山上松，
瑟瑟谷中风。
风声一何盛，
松枝一何劲！
冰霜正惨凄，
终岁常端正。
岂不罹凝寒？
松柏有本性。

赠从弟（其二）

刘桢

亭亭山上松，
瑟瑟谷中风。
风声一何盛，
松枝一何劲！
冰霜正惨凄，
终岁常端正。
岂不罹凝寒？
松柏有本性。

汉代飞将军李广的儿子李敢，因为李广被卫青逼迫自杀的事，一直记恨着卫青，竟然冲到大将军卫青的帐中，把卫青打伤。卫青知道自己对不住李广，又本着做人要留余地、退一步海阔天空的态度，就没有声张此事。可是不知道手下人多嘴还是怎么回事，卫青的外甥霍去病知道了这事。他可是脾气火暴、睚眦必报、受不了半点委屈的贵公子，自身也是一员骁将，本来就是杀人不眨眼的主，哪能受这个气！过了没几天，正好汉武帝到甘泉打猎，霍去病和李敢都陪同前往。在狩猎中，霍去病就将箭射向李敢，将其杀害。汉武帝一直宠着霍去病，当时又正是霍去病刚刚带兵击败匈奴，立下大功，所以汉武帝就将此事压了下去，只说李敢是被鹿顶死的。

这个故事讲的是外甥为舅舅出气，杀了一员良将的事，令人扼腕，也有老爹为儿子出头，要杀才子的事。还好这个才子运气还行，对方儿子为他求情，才子逃过一死，只是被罚去舂米了。这个才子就是刘桢。老爹是曹操，儿子是曹丕。

事情还得从曹丕妻子——著名美女甄氏说起。

曹丕的妻子甄氏，是上蔡令甄逸之女，生得美貌绝伦，而且也颇有文采，嫁给袁绍的二儿子袁熙，成了袁绍的儿媳。建安四年（199）袁熙出任幽州刺史，甄氏留在冀州侍奉婆婆，也就是袁绍的妻子刘氏。

建安五年，袁绍在官渡之战中败给了曹操。建安七年，袁绍去世。建安九年（204），曹操率军攻下邺城，久闻甄氏美貌的曹丕将甄氏纳入帐中保护起来，曹操就让曹丕娶了甄氏。

从当时甄氏情况来看，其丈夫袁熙尚在人世。建安十二年（207）袁熙才被公孙康所杀，建安九年甄氏还是人妻，但曹氏父子根本不管这个事实，曹丕就娶了甄氏。当时朝野之中，对此事其实是有颇多非议的。比如“建安七子”中年辈最长、最有声望的孔融，就曾经写信给曹操，信里提到周武王克商，把妲己赏赐给了周公。曹操就问孔融："这个典故出自何处？"孔融回答："以今推古，想当然而。"意思就是这是根据你和你儿子干的事推测出来的。你儿子霸占袁绍的儿媳妇，周公为啥不能娶妲己！可见当时舆论对曹丕娶甄氏的看法。

不过尽管"建安七子"与曹氏也会有矛盾，但总的来说，除了孔融属于老名士派，最终因反对曹操被杀，其他人和曹氏父子关系还是基本融洽的。像陈琳，为袁绍起草过讨伐曹操的檄文，将曹操祖宗三代骂了个狗血淋头，曹操并没有难为他，反而让陈琳为他掌文书。还有王粲，号称名士，见中原多难，南去依附刘表，却根本得不到刘表的重视。后来还是在曹操收荆州之后，被曹操赏识，被任命为侍中。曹操父子重视人才，确实要高于其他当权者。

曹丕也是一个很爱才的人，"建安七子"这个称号就是他在《典论·论文》里提出来的。曹丕虽然贵为公子（曹操先封魏公，后封魏王，曹丕也在后来被确认为魏太子），却并没有一点架子，经常和一班文人才士们在一起登高临水、饮酒作乐，和大家打成一片。

从王粲死后的一个故事中可以看出曹丕不摆架子、不拘小节的作风。王粲病逝，魏太子曹丕带领众人去为其送葬。

在出殡的时候，曹丕对大家说，仲宣（王粲字仲宣）生前最喜欢听驴叫，大家为他学一下驴叫吧。于是众人纷纷学起驴叫来，以此表达对王粲的哀悼与怀念。

曹丕经常把才士们请到自己的太子府中做客,特别是“建安七子”，更是太子府里的常客。

有一次，才子们又被曹丕邀到府里聚会，大家饮酒甚欢。酒酣耳热之际，曹丕一下子想起了自己的老婆，那可是众人公认的国民美女啊，大家是不是都想亲眼见一见呢？于是曹丕就从闺房叫出了甄氏，让她和各位才士见面，打个招呼，也是炫耀一下自己的美女老婆。众人一看，太子的老婆出来给大家打招呼，谁敢真的平视，大家都按照礼节要求，避席伏地，向甄氏行礼，不敢平视。但刘桢这人有点较劲，他心里想，都说太子的老婆是天下第一美女，我要认真看看是不是真的。另外，你曹丕把老婆请出来跟大家见面不就是要我们看吗，我伏在地上，咋看得清呢？所以刘桢没有避席也没有伏地，就直挺挺坐在那儿，瞪着两眼平视甄氏，可是认真地把这第一美女欣赏了个够。

曹丕见状，心里只觉得好笑，也暗暗有些得意：我老婆确实漂亮，把个刘才士直接变成了刘呆子，目不转睛都看傻了吧！

可是，曹丕身边的人却看不过眼了，他们找机会报告了曹操，说刘桢无礼，竟然平视太子的女人，简直是大逆不道。

曹操一听，觉得本来就有人认为曹丕娶甄氏不对，刘桢这么做，肯定是心里对我们曹氏父子不敬，所以才敢对我曹操的儿媳妇无礼，于是要治刘桢的死罪。曹丕一看，这事闹大了，本来刘桢是我请来做客的，为平视我老婆要是被杀了，天下才士们会怎么看我？于是他赶紧为刘桢求情。曹操怒气未消，但想想不能留下为小事杀才士的名声，让天下名士寒心，就下令把刘桢贬到舂米坊里去，加入到舂米的劳役罪犯之中，给他一个警告。

刘桢就这样逃过一劫，又这样体验了一把“劳改犯”的滋味。

说刘桢是反对曹氏父子，或者说是瞧不起甄氏，都不合理，毕竟他是曹丕的朋友，曹丕对他也很不错，大概他就是个性比较刚直，天生的不那么谦卑恭顺吧？甚至就是只顾看美女，忘了一般的礼节、规矩，也未可知！

刘桢《赠从弟》三首分别以蘋藻、松柏和凤凰为喻，通过隐喻手法，希望从弟能够如蘋藻一样清洁，如松柏一样坚贞，与凤凰一样高贵。诗是赠答诗，又有点像咏物诗，但咏物的目的是寄托对从弟的希望，仍不失赠答的本意。

第二首，是三首中流传最广的一首。

诗以松柏为喻，诗里写道：

山上的松柏，亭亭而立，迎着那从山谷吹来的瑟瑟寒风。

风声是何等嚣张，松枝却保持着劲直！

满目冰霜，世界已经变得何等惨凄，而松柏在冰霜之下，却依然挺直端正。

那松柏难道没有遭遇过冰冻的严寒吗？但松柏不会弯曲，不会躲避，因为松柏有它的本性。

锺嵘《诗品》评价刘桢的诗说：“仗气爱奇，动多振绝。贞骨凌霜，高风跨俗。”

以气胜，有骨格，这是刘桢诗的特点，就像面对甄氏，不会谦卑地低下自己的头，这种诗风与其人格是完全一致的。

美丽盖世的甄氏，其实比曹丕还大 4 岁，当曹丕称帝之后，甄氏却已经年老色衰，曹丕宠幸的郭氏，恃宠逼死了甄氏，并以发覆其面，以糠塞其口，要让她的灵魂无处诉冤。红颜薄命，竟至于如此惨状。

《世说新语》中还八卦说，曹操破邺城，下令召甄氏来见，本来是想要占有这一绝色美女的，当手下人告诉他，甄氏已经成了曹丕的人，曹操给自己找台阶说“今年破贼正为奴”，说自己攻破邺城就是为了给曹丕娶媳妇。后来，他久久不肯立曹丕当太子，也是为此。

如这个说法当真，那曹操要杀刘桢，也有一点吃醋的意思了，没法在儿子面前撒气，拿敢直视甄氏、把自己想要的女人看了个够的刘桢开刀，要出一口恶气。

哈哈哈哈，假使果真如此，此情节可真是够狗血八卦的！

诗词链接

● 词

词最初称为“曲词”或者“曲子词”，别称有近体乐府、长短句、词子、曲词、乐章、琴趣、诗余等，是配合宴乐乐曲而填写的歌诗（即为用歌配合唱出的诗），词牌是词的调子的名称，不同的词牌在总句数、句数，每句的字数、平仄上都有规定。

词兴起于隋唐，至唐温庭筠始用心于填词，五代南唐李煜将词的创作提升到了一个很高的境界，至宋代则进入词创作的全盛期，涌现了大批著名词人和脍炙人口的词作。宋诗成就难以超越唐诗，但宋词却创造了中国文学史上另一个高峰。

刘琨　重赠卢谌

握中有悬璧，
本自荆山璆。
惟彼太公望，
昔在渭滨叟。
邓生何感激，
千里来相求。
白登幸曲逆，
鸿门赖留侯。
重耳任五贤，
小白相射钩。

重赠卢谌

刘琨

握中有悬璧，本自荆山璆。
惟彼太公望，昔在渭滨叟。
邓生何感激，千里来相求。
白登幸曲逆，鸿门赖留侯。
重耳任五贤，小白相射钩。
苟能隆二伯，安问党与雠？
中夜抚枕叹，想与数子游。
吾衰久矣夫，何其不梦周？
谁云圣达节，知命故不忧。
宣尼悲获麟，西狩涕孔丘。
功业未及建，夕阳忽西流。
时哉不我与，去乎若云浮。
朱实陨劲风，繁英落素秋。
狭路倾华盖，骇驷摧双辀。
何意百炼刚，化为绕指柔。

桓温，就是那位说出不能流芳百代也要遗臭万年的东晋大司马，他非常崇拜一个人——刘琨。可巧有一位曾在刘琨身边的少年歌女，这时已成老妪，辗转到了桓温的门下，成了一位老婢。桓温平日里就喜欢以刘琨自比，见了老妪，当然像得了一个宝贝，想从她这里听到刘琨的更多故事,谁知老妪一见到桓温就哭了。桓温问她为什么会哭，她说我一看到大司马就想起了我的旧主人、太尉刘琨啊，你的形象和他相似，所以才会哭。桓温说，你再仔细看看，说具体一点，哪里相像，哪里不同？老妪说，脸很像，可刘琨宽颊大脸，而你的脸要比他小一圈；眼睛也像，可刘琨浓眉大眼，你眼睛比他小多了；胡须也很像，可刘琨胡子是乌黑的，你的胡子却是红的；整个体形也有点像，可是刘琨更高大魁梧，你比他矮了一截;说话声音也有些像，可他的声音比你浑厚，你的声音跟他相比，似乎有点娘娘腔。说得桓温灰心丧气，好几天都打不起精神。

看来，刘琨虽然早就死了，但是他在老妪的心中，依然是男神一般的存在啊！即使是一代枭雄桓温，在老妪看来，跟刘琨比起来，也不过是个假冒伪劣的货色，可谓“山中没英雄，猴子称霸王”。跟桓温同时代的人描述桓温说他“眼如紫石棱，须作猬毛磔”，形象已经是够雄豪威猛了，而跟刘琨比起来，还总是落下一大截。刘琨之光辉形象，大致也可以想象了吧。

刘琨和他的朋友祖逖一起，给我们造就了四个成语：闻鸡起舞、击楫中流、枕戈待旦、先吾著鞭。

祖逖与刘琨自少年就是好朋友，祖逖比刘琨大 4 岁。他们经常一起同床共被，每次天还没亮，听到雄鸡晓唱，祖逖就用脚踢醒刘琨，叫他一起起床练习剑术。这就是“闻鸡起舞”的由来。

祖逖北伐，在船渡江的过程中，祖逖敲击着船桨发誓，如果不能肃清中原，誓不回程，就像大江一样，一去不返。这是“击楫中流”的来处。

祖逖、刘琨两人，既互相激励，又相互竞争。刘琨常常对身边人说，我天天枕着戈（兵器）睡觉，志在消灭敌酋，经常担心祖逖比我先上马扬鞭。这就是“枕戈待旦”和“先吾著鞭”的出处。

前面我们了解了刘琨的外表形象，让我们再了解一下刘琨的为人行事的风格。年轻时，刘琨喜欢肥马轻裘、饮酒作诗、吹拉弹唱。他欣赏石崇的一掷千金，也仰慕贾谧的外戚身份、权倾朝野，更喜欢和一帮同样外貌出众、才华横溢的名门望族、世家子弟一起驾车出游，招摇于都市。

后来，八王之乱起，他参加了大多数在洛阳周边的内战，内战既磨炼了他的军事才能，也让他在众多世家子弟中脱颖而出，终于因战功受封广武侯，又被八王之乱最后的胜利者司马越派往并州，任并州刺史、加振威将军、领护匈奴中郎将。他只带了1000人上路，一路征战到达晋阳（今山西太原），途中还写下了一首《扶风歌》。他写道："据鞍长叹息，泪下如流泉。"他对一路上的风景感慨万千，从诗中"麋鹿游我前，猿猴戏我侧"，可以看到当时的北方已经被战乱伤害到何等地步，人口急剧减少，连麋鹿都不知道怕人了。

在晋阳，刘琨的周边有拓跋猗卢、鲜卑段匹磾这些名义上还是晋臣的少数民族首领，也有幽州刺史王浚这样的一心抢夺地盘、毫无忠君之心的割据军阀，更有匈奴刘渊父子的包围进攻，还有羯族石勒这样的劲敌，处境非常险恶。而刘琨就像很多豪家子弟一样，既有过人的个人魅力，能够招揽人为自己效力，甚至能够和一些少数民族酋长结成联盟，让他们为朝廷效力，但是又不能长久镇抚好手下，总是处于一种大起大落状态。像拓跋猗卢，本来是刘琨的对手，但当刘琨施展起个人魅力，再向其宣讲归顺朝廷的辉煌前景（其实这时朝廷已经危在旦夕了），就将猗卢吸引到了自己一边，跟着他对刘粲、刘曜作战。其他各路豪杰，专程跑来追随刘琨要干一番事业的，更是不计其数。

但是刘琨又改不了自己豪家子弟的奢华作风，日子稍微好过一点，就又开始大摆酒宴，诗酒风流，甚至其音乐爱好也要影响到其用人决策。《晋书·刘琨传》说："琨善于怀抚，而短于控御。一日之中，虽归者数千，去者亦以相继……河南徐润者，以音律自通，游于贵势，琨甚爱之，署为晋阳令……"就是这个徐润，因为嫉妒，就向刘琨诬告奋威将军令狐盛，说他想要劝刘琨当皇帝。刘琨是个疾恶如仇的人，又有着天生的火爆脾气，一听说令狐盛是这样的人，立马下令杀了令狐盛，直接造成令狐盛儿子令狐泥叛逃。令狐泥逃到匈奴人刘聪那里，向刘聪尽数报告了并州的虚实。刘聪派刘粲以令狐泥为向导，一举突袭晋阳，导致晋阳失陷，刘琨父母都被杀害。刘琨从猗卢那里借兵，才击退了刘粲。

之后刘琨又被石勒击败，损兵折将，实力大减，只好投奔鲜卑段匹磾。段匹磾威望不及刘琨，本来担心刘琨吞并他，加上刘琨儿子刘群被段匹磾对手段末波俘虏后，替段末波给刘琨写密信，约他共反段匹磾，信却落到段匹磾手中。段匹磾就将刘琨软禁起来，最终将刘琨杀害。

这首《重赠卢谌》，就写于刘琨被段匹磾囚禁之时，卢谌曾为刘琨主簿，转从事中郎，此时为段匹磾别驾。

古人诗词多种多样。"日暮苍山远，天寒白屋贫。柴门闻犬吠，风雪夜归人""善鼓云和瑟，常闻帝子灵……曲终人不见，江上数峰青"，这样的诗属于特别清澈明晰的，但也有絮絮叨叨的，满腔的情感与思绪，一起涌来，最终奔涌成一条情感与思想的激流，白浪滚滚，一泻而下。这样的诗同样也有魅力，有时甚至更加能够激动人心，感动读者。屈原的《离骚》和刘琨的这首《重赠卢谌》都属于这一类的诗。

因为诗人写下这些诗的时候，思想是非常非常不平静的，脑子里很多思绪都如潮水一般涌来，根本来不及进行沉淀，只能和盘托出，将内心思绪直接表露给读者。

诗一开始以卞和抱玉，讲自己空有奇才，难以发挥；接着感叹不能像商周之际的姜尚，一举成功；又想到当年邓禹自南阳千里前往辅助刘秀，又想到汉高祖在白登被匈奴包围，幸赖陈平以奇技救出，在鸿门宴险被杀害，靠张良的巧妙安排脱身；又想到人的生死成败，往往就在一念之间，重耳靠着五位贤才忠实追随而终于成就事业，公子小白差点被管仲射死，但只要是为了民族大业，个人恩仇都可以忽略。

深夜里拍着枕头叹气吧，想和几位知己一同说说心里话。我是老了吗？还是已经到了穷途末路，再也没有了建功立业的机会？

夕阳西下，时不我待，秋风中繁花飘零，红红的果实落了一地，我就像一辆豪华的马车，在狭窄的道路上驱驰，马儿受惊，马车在急驶中倾覆，车辕折断……我又像一把钢刀，经过百般锤炼、锻造，在铁匠的手中，似乎又柔软得可以绕在手指上。

诗里的情绪跳跃性很强，一会儿哀叹，一会儿充满着希望，一会儿觉得还有机会，一会儿又彻底怀疑自己的命运……

这样的诗，如杜鹃啼血，是从心底流出的诗，是从心口流出的血化成的诗。

在晋阳，刘琨曾被刘渊的数万匈奴骑兵团团围住。晚上，刘琨乘着明月登上城楼，一声清丽的长啸，匈奴兵都低头长叹起来；半夜刘琨又吹起胡茄，贼兵竟纷纷流下眼泪、抽泣起来；拂晓时，刘琨又吹起胡茄，匈奴士兵再也压抑不住乡思与悲愁，纷纷骑马逃离。就这样，刘琨解除了晋阳之围。

这样的人物，今天又能到何处去寻找呢？

诗词链接

三曹七子

三曹七子，是建安文学的代表。建安是汉献帝的年号。建安时期承汉末之乱，三曹七子以直面人生的态度，耿介多气、慷慨悲凉诗风，进行了诗文创作，其文学具有刚健的气度，被称为“建安风骨”。

“三曹”是指曹操与其子曹丕、曹植，后人合称他们为“三曹”；“七子”指孔融、陈琳、王粲、徐幹、阮瑀、应玚、刘桢七位文人，其称号来自曹丕所著《典论·论文》。

“三曹”皆以诗著称。曹操的诗最为质朴，也最接近现实。曹丕则首开七言诗创作的先河。曹植最有才华，诗赋皆佳，富有浪漫气息，在唐诗兴起之前，曹植曾被视为诗歌最高水平代表。

七子中，孔融为汉末士大夫中的领袖人物，开始拥护曹操，后来因反对其篡汉被曹操杀害。其余六子经历汉末战乱，流离失所，后来投奔曹操，方得到任用。

七子中孔融擅长论说，陈琳擅长檄文，徐幹干曾著有著作《中论》，王粲、刘桢等则以诗赋见长。

阮籍

咏怀诗（其二）

夜中不能寐，

起坐弹鸣琴。

薄帷鉴明月，

清风吹我襟。

孤鸿号外野，

翔鸟鸣北林。

徘徊将何见？

忧思独伤心。

咏怀诗（其二）

阮籍

夜中不能寐，
起坐弹鸣琴。
薄帷鉴明月，
清风吹我襟。
孤鸿号外野，
翔鸟鸣北林。
徘徊将何见？
忧思独伤心。

阮籍的交通工具，和别人都不太一样，别人当官都骑马，他偏偏骑驴子。45 岁时，他被任命为东平相，就是骑着驴子上任的。阮籍到任后，下令把东平官衙的围墙全部拆掉，“使内外相望，法令清简”。阮籍大概是最早实施开放式办公的地方长官了。

阮籍还有一个特别的表情包，就是其著名的“青白眼”，遇到他瞧得上的人，阮籍就用他的青眼相加（成语就从这里来）；遇到他瞧不起的人，他只以白眼待之，而且他的青白眼，不计贵贱，也不留情面。司马昭面前的红人锺会来找阮籍套近乎，他只以白眼接待；为人势利的嵇喜来了，他照样白眼以对。但是阮籍见到了嵇喜的弟弟，性格耿介、学识超拔的嵇康，则一定以青眼相加。

阮籍喜欢喝酒，经常连着十几天都处于酒醉之中，他担任时间最长的官职是步兵校尉，这个官是阮籍主动要求调任的，只因他听说步兵总部食堂的酿酒师特别厉害，而且步兵总部食堂贮藏了300斛（1斛为10斗）陈年老酿。

无论什么都阻挡不了阮籍喝酒的步伐，甚至母亲去世。母亲去世的消息传来时，阮籍正在与人下棋，对手要求不下了，阮籍没有动，坚持把这局棋下完，下完之后一口气喝了二斗酒，而后就大口吐血，吐了好几升血。到母亲下葬之时，阮籍又吃下整整一头蒸乳猪，喝下二斗酒，然后送葬，临下葬嘶喊一声“穷矣（完了）”，然后又吐了几升鲜血。

阮籍从来不和人聊家常，更不谈政事，也不评价当时的人物，但有时又语出惊人，说出不可思议的话来。比如，有一次发生一件杀母案，在朝廷讨论，官员向大将军（司马昭）报告，阮籍在场，脱口而出：“杀父还可以，怎么能杀母呢！”司马昭说，杀父是罪大恶极的事，怎么能说可以呢？阮籍说："禽兽知其母不知其父，杀父，跟禽兽差不多；杀母，那是禽兽不如啊！"连司马昭都觉得阮籍说得有道理。

阮籍喝酒，步兵总部食堂当然是一个主要的喝酒的地方，毕竟可以公款吃喝不用自己付钱。但食堂休息时，总得到酒馆喝。不管白天晚上，阮籍随时想喝酒了，就去小区的小酒馆喝。小酒馆的老板娘年轻，生得又美，阮籍每次去，老板娘坐在床上（那时的椅子不普及，床也是主要坐具），阮籍就坐在老板娘旁边，边喝酒边盯着老板娘欣赏，几乎目不转睛。喝醉时，老板娘坐着，他就躺在老板娘身边睡去。老板娘的丈夫开始很嫉妒，以为阮籍有什么企图，时间长了，才发现阮籍什么想法都没有，也就习以为常，见怪不怪了。

阮籍不仅爱喝酒，而且也爱鼓琴、写诗。

夜里睡不着，怎么办？
起来吧，坐着吧，呆坐着，呆坐着，总要做点什么吧？
弹琴吧。
琴声从我的房里飘出，月光却照进屋来。
夜里的清风吹拂着我的衣衫。
我不知不觉放下了琴弦，无意识般地走了出去。

只见，

孤独的鸿雁在旷野里呼叫，这飞翔的鸟，正在北方的林子里悲鸣。

我徘徊着，

连我自己也不知道我到底在寻找什么。

如果什么也没有失去，那么什么也不需要寻找！

那么，我为什么又那么忧愁、思忖呢？

我到底又在为什么而伤心！

为什么在忧愁、伤心，当然不是为小酒馆的老板娘，也不是为步兵校尉的工资太低，喝不起好酒，也不是为家族矛盾。

更不是为仕途不顺，只要想当大官，尽可以向司马大将军提要求，那位大将军不是一直想和阮籍对亲家吗？要知道，阮籍硬是醉了整整60天，才成功地错过了这次“上升的机遇”。

为什么忧愁，连我自己也不知道！

不是不知道，而是不能说！

阮籍曾经登上广武（今郑州西北、荥阳附近）的山丘上，远望当年项羽、刘邦决战的战场，感叹说：“时无英雄，使竖子成名！”

项羽、刘邦，在我们心中已经是了不起的大人物了，在阮籍的眼里，不过是两个小无赖而已。眼高于顶，看来，当时的天下，更没有几人能入阮籍的青眼。

诗词链接 ● 竹林七贤

西晋阮籍、嵇康、山涛、刘伶、阮咸、向秀、王戎，七人常会集于竹林之下，饮酒清谈，并结诗文之交，所以被称为竹林七贤。

“七贤”中以山涛年龄为大，阮籍次之，阮咸则为阮籍的侄子，王戎年龄最小。阮籍和嵇康都擅长诗文；山涛颇有政治才能；阮咸妙解音律；刘伶以饮酒著称，亦擅作文；向秀则擅长玄学，曾注释庄子；王戎亦擅清谈。

当时司马氏和曹氏争夺政权的斗争异常残酷，才士难以自保，时有性命之忧，当时风气是老庄哲学，以清谈、饮酒、佯狂等形式来排遣苦闷的心情，竹林七贤成了这个时期文人的代表。

“七贤”中嵇康的文章最有分量，阮籍则以组诗《咏怀诗》最得后人激赏。

谢灵运　岁暮

殷忧不能寐，

苦此夜难颓。

明月照积雪，

朔风劲且哀。

运往无淹物，

年逝觉已催。

岁暮

谢灵运

殷忧不能寐，
苦此夜难颓。
明月照积雪，
朔风劲且哀。
运往无淹物，
年逝觉已催。

唐代刘禹锡《乌衣巷》：“朱雀桥边野草花，乌衣巷口夕阳斜。旧时王谢堂前燕，飞入寻常百姓家。”诗中的王、谢，是指东晋两大世族琅琊王氏和阳夏谢氏，王氏的最著名人物是造就“王与马共天下”，辅佐司马睿江东称帝、建立东晋的王导；谢氏最著名的人物是领导东晋挫败前秦百万大军进攻、保住了江南文脉的江东宰相谢安。

谢安执掌朝政，举贤不避亲，重用堂弟谢石、侄子谢玄，在淝水之战以少胜多，以八万北府兵大败前秦近百万大军，为东晋历史留下了精彩一笔。谢玄不仅是这次大捷的晋军重要将领，也是这支取胜部队——北府军的创建者。

大诗人谢灵运就是谢玄的孙子。六朝士族家族的演化史，就是一个典型的政治、军事退化史和文化、艺术进化史。

东晋第一代望族是王氏，王导是宰相、文臣，能够制定国家战略；王敦（王导的堂兄）是武将，能够杀伐决断，领兵打仗；后来的王彪之、王坦之也都是重臣，但实际作用都在谢安之下；而更知名、更有造诣的却是王羲之、王献之这对父子书法家。

第二代望族谢氏也是一样，谢安、谢玄都是曾经左右政局的政治人物。谢安先是挫败了桓温篡位的企图，接着又团结各派势力，稳住了江东，击败了前秦大军。谢玄亲手创建了北府军，成为东晋直属中央的一支主力军队，并且带领北府军取得淝水之战的胜利。而谢氏后人，谢灵运、谢惠连、谢朓，都成了著名文学家。

王氏成了书法世家，谢氏成了文学世家，王、谢家族，都从政治、军事家族蜕变成了文化、艺术世家。

谢灵运不仅是谢玄的孙子，而且是谢玄最看重的后代。谢灵运自幼就特别聪慧，而其父谢瑍却生性迟钝，祖父谢玄曾感叹："我这么优秀的人，尚且只生了个谢瑍这样的愚钝的人，谢瑍这么个愚人，怎么偏偏能生出个灵运来！"

但谢灵运却没有他祖父谢玄的清醒、理智，更谈不上谨慎。

谢灵运是一个文学家，但偏偏是一个具有过高政治抱负的文学家。正是这一点，让他最终死于非命。

晋安帝元兴二年（403），18 岁的谢灵运继承了祖父的爵位，封康乐公。当年就发生了桓玄篡位事件，此后经历了多年乱局，最终出身北府兵将的刘裕取得了政权。

谢灵运在易代之际站错了队，跟了刘裕的对手刘毅当手下。好在刘裕雄才大略，并没有计较，考虑到谢氏世族的名望地位，仍然拉拢他，不仅给他官职，还让他当了世子（其实就是刘裕的太子，因刘裕此时尚未称帝，不称太子，称世子）左卫率，让他成了世子身边的人。

谁知这时谢灵运的坏脾气暴发，竟然私自处死自己门生，他因此被免职，不过很快又得到刘裕宽恕。刘裕称帝，又任命灵运为太子左卫率。刘裕之后，少帝只当了两年皇帝就被废掉。文帝即位，依然给灵运优待，先是让他主持国史修撰，后又将其升为侍中。这是一个相当于宰相的职位，但文帝知道谢灵运诗人浪漫气太重，实际政务并没有放给他去做，只是让他当一个类似于一个文学侍从之臣。总以为自己既然是名相谢安的后代就该掌管朝政的灵运，却并不领情，处在这样的高位，还觉得自己怀才不遇，把大部分精力都用在了修宅子、建园林、凿池塘、弄香草上，处于基本不办公、凡事甩手不管的怠工状态，有时出京游玩，一跑上百里，连个招呼都不打。文帝看他实在不像话，就暗示他辞职，他果真就称病辞职回了会稽。

按说谢灵运不当官了，日子过得还是挺不错的，有时他在会稽家中大宴宾客，“游娱宴集，以夜续昼”，夜夜笙歌；有时他又跑到他祖父谢玄当年建起的始宁别墅，隐居读书，感觉烦闷时，他会登山来消遣。不要以为谢灵运登山是像一般人一样，三五好友，一起去玩一下就好了，谢灵运登山，那阵势可大了，几百个朋友、门生一起，队伍浩浩荡荡，就像一支军队。有一次谢灵运带着几百门生，从始宁别墅出发，一路伐木开道，一直到了临海。临海太守王琇听说有一支几百人的队伍在附近活动，以为是山贼要来突袭，吓得不轻，知道是谢灵运游山玩水，才放下心来。

谢灵运恃才傲物，常常得罪人。谢灵运信佛，会稽太守孟顗也信佛，按说这是好事：孟顗是家乡父母官，谢灵运是曾任中央大员的休养干部，又都信佛，这不是更有共同语言了吗！谢灵运偏偏瞧不起孟顗，当着他的面说，要得道那得要有慧根，你升天会在我之前，成佛肯定在我之后。这把个孟太守气了个半死。

笙歌酒宴、游山玩水都玩腻了，谢灵运又要开始垦田。会稽城东，有一个回踵湖，当地百姓都在里面打鱼，谢灵运看上了这块地，要把湖水排干，扩充自家田产。太守不同意，两人闹起了别扭，孟颢向朝廷告状，不仅告灵运横恣，还说他要谋反，甚至在会稽城实施了紧急状态，发兵自卫。谢灵运见情况紧急，连夜骑马进京，向文帝进奏章自我辩解。文帝知道谢灵运不会谋反，又看他和孟颢闹得厉害，就留灵运在朝，又任命他做临川内史。

在临川内史任上，谢灵运不仅没有汲取教训，谨慎起来，反而变本加厉，不理政务不说，又干了不少目无法纪的事。这时中央的纪检机构派人来抓他，他反把来人抓起来，起兵叛逃。他被抓住后，朝廷大臣都主张以谋反处他死刑，文帝爱惜他的文才，只判他流放广州。谁知他又安排人在流放途中打劫，助自己逃走，事不周密，彻底断了自己的活路。这次文帝也保不了他的性命了，于是下令在广州处死他。

谢灵运临死之前遗言，将自己的胡须捐赠给广州的佛寺，当了维摩诘像的胡须。这部胡须，一直到唐中宗时还在。中宗女儿安乐公主五月五日斗百草。所谓斗百草，本是妇女儿童们的一种游戏，宫中后来发展成类似赌博的活动，比谁有更新奇的宝贝。当时安乐公主就想起广州佛寺中充当维摩诘胡须的这件宝物，专程派人骑快马从广州取来。当广州城这件著名的古物斗完百草，这件宝物也就不知所终了，已经在广州的佛寺里保存了 270 多年的谢灵运胡须，就这样毁在了任性的公主手里。任性的谢灵运，万万想不到，身后会遇到任性的公主，真是一报还一报啊！

谢灵运是非常典型的一位有文学才能，却并无治国之才的人物。但谢氏辉煌的家族历史，让他总是自视甚高，不甘于做一个文学家，一心想当政治家。这样的分裂与错位，使得谢灵运在肆无忌惮的外表下，内心充满了难以排解的痛苦。

《岁暮》，面对的是一年将尽，新年将至，连农民都把这个时节当成了休息与准备喜庆的时令，但谢灵运看到的却只有夜的漫长、岁月的无情。

诗里说，我忧愁啊，愁得睡不着；我痛苦啊，苦的是漫漫长夜该如何度过。

窗外明月照在积雪上，显得那么白、那么惨淡；北风呼啸，凌厉的寒风，带给我的全是哀愁。

时光流逝，什么事物能够长久不衰？没有，没有任何事物能够克服时间的侵蚀。时间的风，吹着；年月逝去，催促着我，催促着我……

年月在逝去。年月逝去催促着诗人干什么？

这里的正解应当是时不我待，努力进取，要做一番事业，或者及时行乐。但灵运就在这里停下了，岁月催逼，让我心焦，我心焦，我睡不着，心里烦……

这首诗好就好在这里的殷忧（深深的忧）是无以排解的，诗人没有用建功立业或及时行乐来化解烦恼，因为这是生命的大烦恼。时光流逝，是无法改变的。

诗词链接

《千家诗》

《千家诗》最早为宋代刘克庄选编，后有谢枋得本等不同版本，清代王相选编版本成为比较流行的版本。《千家诗》号称“千家”，实际只录有122家。按朝代分：唐代65家，宋代52家，五代1家，明代2家，无从查考年代的无名氏作者2家。其中选诗最多的是杜甫，共25首；其次是李白，共8首。女诗人只选了宋代朱淑真的2首七绝。《千家诗》只选格律诗，按五绝、五律、七绝、七律顺序编排。尽管有很多缺点，从宋代到清代，不同版本的《千家诗》还是起到了诗词启蒙作用。

贺知章　回乡偶书

少小离家老大回，

乡音无改鬓毛衰。

儿童相见不相识，

笑问客从何处来。

回乡偶书

贺知章

少小离家老大回，
乡音无改鬓毛衰。
儿童相见不相识，
笑问客从何处来。

开元十四年（726），岐王李范去世。李范是唐睿宗李旦第四子，玄宗李隆基的弟弟。因为李范曾经支持李隆基与太平公主的斗争，所以李隆基对其特别亲近。李范去世后，玄宗皇帝册赠其惠文太子的称号，以太子之礼将其陪葬于唐睿宗的陵园桥陵。

在李范的葬礼安排中，有一个环节，是由礼部选一些世家少年子弟担任出殡时牵引灵柩唱挽歌的人。当然，这是一个荣誉，既和家族势力有关，又和少年是否长得够帅、是否会唱挽歌，甚至和少年是否有一点才气和名气有关。因为在这种重大活动中被选中的少年，就相当于入选了后备干部队伍，进入“选人”的行列。这时贺知章，正好担任着礼部侍郎的职务，所以为惠文太子选挽郎的任务，就落到了贺知章的肩上。当然，这是一个重要的政治任务，一方面，如果你处理得好，不出漏子，你选的少年，得到了这个机会，将来进入仕途，当然会感激你，将来下一代官员中会有你的不少支持者，另外这些少年都来自各个有势力的世家家族，他们的家族也会感激你，对你的官场生涯当然有好处；另一方面，这也是个考验，如果你在选择中，没有摆平各世家势力，或者有意无意漏掉一些世家中优秀的子弟，这些世家子弟也都不是好惹的，他们会找你说理，把你弄得很难堪，你的一场政治机会就会变成一场丑闻、闹剧。

不幸的是当时已经 67 岁、刚刚当上礼部侍郎一年的贺知章，就遇到了后一种情况。

不知是不熟悉各个世家的势力分布，还是对世家子弟中优秀人才的了解、认知不够，反正就是没有能够摆平这件事，造成了名单公布之后，没有入选的世家子弟们觉得选人选得不公平，于是大家鼓噪起来，将贺知章的礼部侍郎办公室给包围了，要找他讨一个说法。

贺知章见少年们人多势众，来势汹汹，怕控制不了局势，不敢打开官衙大门进行接待。但众少年在衙门外鼓噪叫骂又不能一直不搭理，于是贺知章搭了一个梯子从围墙上探出头和少年们（世家少年，也称荫子）对话，安抚大家不要闹事。

这一下，贺知章算是出了洋相，一时成为朝廷中同僚们的笑料。连本来很器重他的玄宗皇帝也觉得经过这件事，贺知章再当这个礼部侍郎似乎有点不大合适，于是就把他平调，改成了工部侍郎。

从这件事，当然可以看到贺知章虽然是状元出身，当了一辈子的官，其实在官场政治中并不是那么老练世故，对于唐代官僚体系中各种势力的情况，缺少深入的了解，临事也缺少权变，所以才会闹出遭遇荫子围攻，被迫从梯子上出头与众子弟“对话”的场景来。

说到底，贺知章是一位诗人，不是能吏。他的学问固然好，才气也很突出，但要他处理十分复杂的人际关系，在一场选挽郎的活动中，不仅让活动本身搞得体面成功，还能让众多世家势力满意，根据家族声望、势力进行合理安排，让少年荫子们满意，这真不是他擅长的事。

贺知章是一位什么样的人？让我们来读一下唐代一些人对他的描述吧。

李白《对酒忆贺监二首》其一：“四明有狂客，风流贺季真。长安一相见，呼我谪仙人。昔好杯中物，翻为松下尘。金龟换酒处，却忆泪沾巾。”

杜甫的名诗《饮中八仙歌》：“知章骑马似乘船，眼花落井水底眠。”

狂客、酒徒，这就是时人对他的评价。

李白是真正和贺知章有过亲近交往的人，从诗题就可以看出李白与贺知章的关系。当李白端起了酒杯，正要痛饮，一下想起了好朋友、忘年交，也是自己的伯乐——已经去世的贺知章，想起了和他一起痛饮的日子。李白的诗有追忆的性质，他忆起当年自己在长安，第一次与贺知章见面，两人一见如故，贺呼他为“谪仙人”（下到凡间的仙人），两人喝酒喝到钱袋空空。贺知章揪下腰间的金龟，让酒家只管上酒。金龟是一个小袋子，实为唐代官员的一种佩饰。按照唐代制度，三品以上官员才佩戴纯金制的金龟袋，这种金龟袋在出入门禁时起标识与验证作用，代表官员身份地位。贺知章连这种具有证明官阶身份性质的金龟,都可以在酒酣耳热之时扯下来换酒喝,当然称得上“狂客酒徒”。

但贺知章金龟换酒，并没有遭到弹劾，反倒留下佳话。这也可以看到大唐风气之豪迈任气、不拘小节。如果换成宋代，肯定又是一场风波。比如宋代米芾，就曾经因为有洁癖，上朝穿的官服洗得太勤了，把官服给洗脱色了，被谏官弹劾，竟被罚了半年的工资。

贺知章有几个身份，第一个身份是状元，第二个身份是高官，第三个身份是道教徒，第四个身份是酒徒，第五个身份是诗人，第六个身份是书法家。

诗人身份且放下再说，贺知章的书法家身份，也是当之无愧，其草书可以列入唐代一流草书家作品之列，其代表作《草书孝经》今藏日本宫内厅三之丸尚藏馆，是少有的唐代草书瑰宝之一。

窦臮《述书赋》说：贺知章草书得湖山之助，世上少有可以匹敌者，其书法像春天的树林一样绚丽多彩，令人一见而忘记忧愁（湖山降祉，狂客风流，落笔精绝，芳词寡俦，如春林之绚采，实一望而写忧）。

窦蒙注说“（贺知章）每兴酣命笔，好书大字”，窦蒙还说，贺知章写字时会问旁边的人有多少张纸。如果说有10张纸，然后他又会问是要写诗还是写文章。人说写诗，他就口占一诗，一挥而就，正好写完10张纸。20张、30张，也是一样，要诗就写诗，要文章就写文章，“纸尽语亦尽”，纸用完，诗文也写完了。

窦蒙总结说贺知章的才气“与造化相争，非人工所到也”！

李白《送贺宾客归越》说：“镜湖流水漾清波，狂客归舟逸兴多。山阴道士如相见，应写《黄庭》换白鹅。”镜湖，也称“鉴湖”，是贺知章家乡会稽（今绍兴）的湖，

“《黄庭》换白鹅”是一个典故，是说王羲之爱鹅，会稽山阴住着一位道士，养了一大群白鹅，一次王羲之到山阴游玩，在那里欣赏道士的鹅群，流连忘返，久久不愿离开。道士见状，乘机拿出早就准备好的纸笔，请求王羲之挥毫书写道教经典《黄庭经》。王羲之本来也是道教信徒，就没有推辞，为其书写了一本。道士为感谢王羲之，就送给王羲之一群白鹅。“《黄庭》换白鹅”的故事一时成了书法史上的佳话。李白诗中实有将贺知章比作王羲之的意思。

贺知章晚年86岁时，大病了一场，病中梦到自己到天帝宫中游玩，病愈之后，就向皇帝上书要求回乡当道士，玄宗皇帝不仅批准了贺知章的请求，而且还下令把其家乡会稽镜湖一片划给他当放生池。贺知章离京时，玄宗皇帝亲自写诗赐他，又令太子和百官设宴饯别。饯别宴会上，很多人都为贺知章写了送别的诗。知章回乡半年后就去世了。多年之后，唐肃宗又追赠其为礼部尚书。

《回乡偶书》就是贺知章86岁还乡后的作品，可以说是其晚年绝笔之一。

诗中说：

我从少小时候就离开了家乡，到了年老才回来。我的家乡口音没有变，可是我的两鬓已经全白。

家乡的孩子们哪里会知道我是谁呢，高高兴兴好奇地围着我问：这位客人啊，你从哪里来？

一位86岁的老人，自幼即离家求学，曾经高中过状元，也曾经历起起落落，晚年官居高位，却又轻飘飘地放弃一切，选择回到离都城长安几千里之外的家乡会稽出家当道士。以贺知章的经历，试想他人为此诗，是不是会感叹一下自己的一生——早年时的贫苦，青年时的才华，中年时的成就，晚年时的荣耀，再自夸一下自己如何视名利如粪土？

不，我们的四明狂客，这些一概不谈。

诗中的场景是一个普通又普遍的场景：一位老人，少小离家，老来归乡。至于这位老人是什么地位、身份，为什么离家，又为什么要归乡，这些都不重要。

多么纯真的心态，才能写出这样简单、诙谐的诗！

诗词链接

《唐诗三百首》

《唐诗三百首》是蘅塘退士选编的唐诗选本。蘅塘退士是清代乾隆年间孙洙的号。孙洙曾当过知县，在继室徐兰英协助下编成了这一唐诗选本。其序文引当时民间说法说"熟读唐诗三百首，不会作诗也会吟"。

《唐诗三百首》共选入唐代诗人77位，计311首诗；以杜甫诗最多，有38首；王维诗29首；李白诗27首；李商隐诗22首。

由于蘅塘退士对流行的《千家诗》不满，因此想选编一本脍炙人口、各体兼备、老幼皆愿意阅读的唐诗选本。由于蘅塘退士所选唐诗体裁完备，风格多样，既有代表性，又通俗易懂，所以此书刊行后广为流传。

孙琴安《唐诗选本六百种提要·自序》指出："唐诗选本经大量散佚，至今尚存三百余种。当中最流行而家传户晓的，要算《唐诗三百首》。"

崔颢

黄鹤楼

昔人已乘黄鹤去，
此地空余黄鹤楼。
黄鹤一去不复返，
白云千载空悠悠。
晴川历历汉阳树，
芳草萋萋鹦鹉洲。
日暮乡关何处是？
烟波江上使人愁。

黄鹤楼

崔颢

昔人已乘黄鹤去，
此地空余黄鹤楼。
黄鹤一去不复返，
白云千载空悠悠。
晴川历历汉阳树，
芳草萋萋鹦鹉洲。
日暮乡关何处是？
烟波江上使人愁。

崔颢年轻时,就有诗名。当时的大名家李邕（书法家、诗人）听说崔颢诗写得不错，就招他来家里做客。崔颢很高兴,见了李邕,就献上了自己的一首诗,第一句就是“十五嫁王昌”。李邕听了这句,没往下听,直接暴怒,说了句“小儿无礼”，就把崔颢赶走，不予接待了。

崔颢这首诗名《古意》，全诗如下：“十五嫁王昌，盈盈入画堂。自矜年最少，复倚婿为郎。舞爱前溪绿，歌怜子夜长。闲来斗百草，度日不成妆。”

这首诗，描写一个少妇的日常生活，说少妇年纪很轻就嫁给了帅哥王昌。王昌是郎官，是皇帝身边侍卫，很威风。少妇自己是小女人，很娇美，也很为自己的丈夫自豪，白天在门前绿波荡漾的溪水边舞蹈，晚间在闺房里唱子夜歌，闲来无事就和小姐妹们斗草娱乐，有时贪玩玩得连妆都顾不得化。

诗很传神，但意思比较浅，没有什么寄托与微言大义，不符合李邕的诗学观，所以就被他一票否决了。

崔颢见大名人李邕，也想给李邕留下好印象。他选这首诗，肯定是觉得这是自己的得意之作。从六朝以来的诗学观来说，写诗，能够状物入微、入于新巧，才算好诗。这首诗写女子的日常，从初嫁盈盈入画堂，到新婚的娇憨，到对丈夫之帅气威武的自豪，然后再写其白天跳舞、晚上唱歌、闲来斗草、忘记梳妆，一个少不更事、年轻娇憨的少妇形象，宛然如在目前，确实是一首佳作。但唐代自陈子昂以来兴起了一种新的刚劲、健康诗风。这种诗风讲究对《诗经》《楚辞》的传统进行借鉴，强调寄托，要求“诗言志”，强调诗中要有隐而不露、含蓄深沉的意蕴。李邕也是这一派的人物，崔颢的六朝诗学观与李邕的盛唐诗学观相遇，导致的结果就是两人不欢而散。

唐人殷璠《河岳英灵集》中说崔颢“年少为诗，名陷轻薄，晚节忽变常体，风骨凛然，一窥塞垣，说尽戎旅”。意思说崔颢年轻时喜欢写一些香艳的闺房诗，落下轻薄的名声。到了晚年，其诗忽然变了一种体格，变得风骨铮铮、凛然刚劲，这与其边塞经历有关。他经历了边塞生活之后，特别擅长写边塞军旅诗。

其实崔颢无论是早年写艳诗，还是后期写边塞诗，都擅长状物，善于将人物的行为描写得细致入微，这是其一贯的优点。但此首《黄鹤楼》，却并非仅仅是善于描写。

此诗优点是言外有意，言简意长，含蓄蕴藉，借眼前之风景，发思古之幽情，让人不由得低回三叹，慢慢在诗句中咂摸人生的况味。

大凡人到一个地方游历，都会到当地著名景点去看看。黄鹤楼建在长江边上，是武昌著名景点。崔颢是唐人，而黄鹤楼是三国时吴国所建，到唐代已经是一处历史名胜了。当时人口不像现在这么多，黄鹤楼周边也不会有其他旅游商店、美食一条街之类，是很孤单、迥出，独立江边的高峻建筑，所谓卓然而立，俯瞰长江。

崔颢不是从登楼写，也不是从到了楼上俯瞰、远观之时开始写，而是从到了黄鹤楼的附近，甚至是刚刚在视线中看到远处卓然而立的黄鹤楼就开始了。

在这长江之滨，一眼看到了一座卓然挺拔、孤立江岸的高楼，崔颢就开始了他对过往之事的内心游历：

今日何日兮，这里会有一座楼？都是因为昔年的仙人曾经乘着黄鹤到此，才会有这座黄鹤楼吧！可是那位昔年的仙人,已经乘着黄鹤飞走了,却在这里留下了一座黄鹤楼。

黄鹤一去不复返，这时只留下千年不变、悠悠地围绕高高的黄鹤楼的白云。

这是在黄鹤楼之外观黄鹤楼发出的感慨。

接下来的诗句，视角却发生了转换，是诗人已经登上了黄鹤楼，从黄鹤楼之上观看四周景物。

从高高的黄鹤楼看出去，只见那对岸汉阳，树木历历可见。鹦鹉洲上，芳草萋萋，一片碧绿。而这鹦鹉洲与黄鹤楼因仙人黄鹤得名相似，是因祢衡《鹦鹉赋》而得名。

最后的诗句，是写在楼上逗留观景，一番远眺，一番思考。当看到太阳西斜，日暮降临，诗人顿时起了一种愁绪，想起了自己家乡，不禁感叹起眼前江上的烟波，说它令人思乡，令人忧愁。

诗里的愁，来自何处？来自历史，来自命运，来自眼前美妙、动人的风景。

黄鹤楼壮观高峻，卓然孤立于长江之滨，引起我怀古之情，当年的仙人哪里去了呢？只留下这里高与白云齐、为云彩所环绕的黄鹤楼。这是黄鹤楼自身带给我的愁。

从黄鹤楼上望出去，只看见汉阳那晴朗的江边历历在目的绿树，还有江中鹦鹉洲上绿茵茵的芳草，风景如此之美。而转瞬之间，太阳西斜，渐渐地视野里的风景昏暗了，美好的景象，却是这么不能长久。这是汉阳的树木、鹦鹉洲的芳草，从黄鹤楼远望所见风景带给我的愁。

夕阳映红了江水，长江之上烟波浩渺。那烟波浩渺的长江，令我想到生命如逝水。这是夕阳与江水带给我的愁。

而在风景背后，黄鹤楼的历史沧桑，鹦鹉洲地名背后的历史故事——那才士祢衡的悲惨命运，这些都是引起我愁绪的缘由。

风景背后，有夕阳里油然而生的思乡之情；风景背后，我在感叹祢衡不幸人生的时候，也在为自己被命运播弄而叹息。

诗看起来简单，里面却充满了悖论，仙人属于永恒，但眼前却只有黄鹤楼，仙人哪里去了呢？白云是最短暂的，随时可以被风吹走，但围绕着黄鹤楼的白云又似乎是永恒的；三国时如此飘荡，如此围绕，今天依然如此。

还有那芳草萋萋的鹦鹉洲，在祢衡写作《鹦鹉赋》的当年，也像今天一样吗？

那历历在目的汉阳树，在每一个晴朗的日子不都是如此模样吗？风景似乎总是如此，风景总是美丽，而人却一代一代逝去，尽管他们的命运不同，或幸运，或不幸……

如果按照西方现代诗学的说法，我们可以说《黄鹤楼》是一首充满了张力的诗。

这也许就是它被人称为“唐代七律第一”的原因吧。

年轻时的崔颢，是轻狂的，他在长安城里，骤得大名之后，曾经先后娶过四个妻子，每一个都是帝都里著名的美女，且每一个都被他为生活中的琐事给休掉了。

但是，尽管诗名远扬，文采盖世，又是世家出身（崔氏在唐代属于很高门第，有“天下士族之冠”的称号），但他的仕途走得并不顺利，所以后来为了寻求升迁，远赴边塞。经过了生活历练的崔颢，其诗作果然有了脱胎换骨似的变化。这一首《黄鹤楼》不知赢得了古今多少激赏、赞叹。

据说，崔颢年轻时喜欢赌博。赌博靠的是运气，这首诗的成功，是不是也有一定的运气成分呢？

王之涣　凉州词

黄河远上白云间，

一片孤城万仞山。

羌笛何须怨杨柳，

春风不度玉门关。

凉州词

王之涣

黄河远上白云间，
一片孤城万仞山。
羌笛何须怨杨柳，
春风不度玉门关。

开元年间，也就是盛唐最盛的时期吧。有一天，时值冬季，天气寒冷，飘着小雪，王昌龄、高适、王之涣三个人一块儿到了一家挂着酒旗的店家去喝酒。当时三人有一个共同的特点，就是都已经有了很大的诗名，但却没有官位，都还处于白衣卿相状态。白衣是真实处境，卿相却是各人的自我期望吧。

三个人上了酒楼，叫店家斟上酒，大家小酌几杯。酒是赊账的，当然也没好意思要多少酒菜。大家意绪索然，先沉默地把着盏，用喝酒来温暖被寒风吹得瑟瑟发抖的身子。这时,忽然有一群梨园伶官（当时玄宗皇帝酷爱音乐，梨园是其训练音乐演奏人才的地方，梨园伶官应是梨园乐师），大概十几个人，都还带着自己的乐器，也上楼来聚会宴饮。三人见来人众多，就躲开他们，让到了火炉边，边烤火取暖边观察这群人。过了一小会儿，又陆陆续续上来了四个美艳无比的歌伎。这四人“奢华艳曳,都冶颇极”，打扮得华丽极了，长得也美极了。于是伶官们开始演奏起来，演奏的都是当时著名的曲子。这时王昌龄对另外两人说，我们三个都是有名气的诗人，平常谁都不服谁，今天正好借这个机会，比一比高下，一会儿听她们这四位美女唱歌，她们所唱歌曲中，选唱谁的诗多，谁就算赢！

果然，第一个歌女开唱了，她打着拍子，很投入地唱道:“寒雨连江夜入吴,平明送客楚山孤。洛阳亲友如相问，一片冰心在玉壶。”王昌龄得意得很，用手在墙壁上画一道说:“哈哈，我，一首绝句了！”

接着又一个歌女开唱了:“开箧泪沾臆，见君前日书。夜台何寂寞，犹是子云居。”高适一听，也得意地在墙壁上画一道说，也有我一首了。

再接着又有一个歌女唱道:“奉帚平明金殿开，且将团扇共徘徊。玉颜不及寒鸦色，犹带昭阳日影来。”王昌龄一听,更得意了,伸手在墙壁上夸张地画了一道,说:“我的第二首绝句了！”

这时王之涣有点急了，因为三人中他出名最早，现在看到王昌龄和高适的诗都已经有人唱了，王昌龄的甚至被唱了两首，自己的诗还没一首被唱，他对王昌龄、高适说，这三个歌女都不是顶级的歌手，唱的都是下里巴人的歌，那是因为她们都是俗人，不可能亲近阳春白雪！他又指着歌女中最美也最有风韵的那一个说："等着，如果这位歌女唱的不是我王之涣的诗，我这一辈子也不敢再跟你们两位争高下了；如果她唱的果然是我的诗，那你们两个要向我下拜，以我为师才对！"另外两个都笑了起来，一起等着第四个，也就是那个最美、最迷人的歌女开口。

那第四个歌女开口了，唱道："黄河远上白云间，一片孤城万仞山。羌笛何须怨杨柳，春风不度玉门关。"

王之涣得意极了，不由得一下跳起来喊道："两个庄稼汉，你们看看，我的话一点不假吧！"三人一时间狂笑不止。

那群乐师、歌女正在专心演唱、演奏、欣赏，突然被一阵大笑惊扰，一起吃惊地站了起来，问道："请问三位郎君为啥这么高兴呢？"王昌龄他们三个就说出了事情的究竟。

乐师、歌女们一听原来自己崇拜的诗人就在眼前，竞相拜倒，说："俗眼不识神仙，乞降清重，俯就筵席！"三人爽快地接受了邀请，和众人一起饮酒、奏乐、唱歌、聊天，一直到天晚才散去。

这个故事出自唐人薛用弱的《集异记》，称为“旗亭画壁”，它既说明了三位诗人在唐代知名度之高，也说明唐诗在当时都是用来歌唱的，还说明歌伎们歌唱时并不一定是唱完整的原诗，比如歌伎所唱高适的诗，原诗并非绝句，歌唱者选取精彩的一段四句演唱，在当时也是通行做法。

王之涣家族属于古老的太原王氏，所以以太原为籍贯。王之涣祖辈就已经居住在洛阳，其家族墓地也在洛阳。王之涣墓志于20世纪二三十年代为盗墓者发掘，也为了解王之涣的生平提供了更多的线索。

根据其墓志所述，王之涣祖父王表曾任文安县令，父亲王昱曾任浚义县令，王之涣自幼聪明，年轻时以门荫被任用为冀州衡水主簿。在任上，他因受诋毁而辞官，辞职之后优游青山，到处寻诗访友，在黄河两岸数千里间留下了漫游的足迹。15年之后，在亲友劝说下，他再次出仕，任文安县尉，后卒于任上。

王之涣墓志称王之涣“孝闻于家，义闻于友，慷慨有大略，倜傥有异才。尝或歌从军，吟出塞，曒兮极关山明月之思，萧兮得易水寒风之声。传乎乐章，布在人口。至夫雅颂发挥之作，诗骚兴喻之致，文在斯矣，代未知焉”。

大意是：王之涣在家为孝子，在外是急公好义、很讲朋友义气的人，他为人慷慨有大志，风流倜傥有特别的才华。他的诗歌，要么歌咏从军的壮志，要么吟唱出塞的豪情，光辉的明月是他描绘关山明月的诗思，萧萧的风声是他表现易水的诗意。他的诗歌，通过歌曲到处传播，为人演唱。他的诗歌，具有《诗经》中的雅颂般的高雅音调，有《诗经》《楚辞》式的比兴的意蕴，他就代表着文学，他就代表着诗歌，他是无可替代的诗人！

王之涣的诗总共就留下来六首，而其中《凉州词》之一和《登鹳雀楼》都是小学课本必选之诗，一方面说明其脍炙人口，另一方面也说明其语言简洁明了。

就拿这首凉州词来说吧，“黄河远上白云间”，第一句就把场景拉得很远很远，在那遥远的戈壁、草原之上，黄河蜿蜒而来，蜿蜒着，一直流进白云之间。场景是不是很大，思绪是不是很浩瀚？

在越拉越远，远到白云之间的浩瀚的思绪与眼光中，诗人的眼光忽然停下来了，停在了一片——一个小小的、无比渺小的孤城上，“一片孤城万仞山”。这座孤城啊，对比着戈壁、大漠、草原、黄河，对比着那远远拉开的大视野，在那遥远的场景中，显得那么渺小，那么无助，那么孤单，那就是边将边卒们守着的边城啊，那是万仞高山之上的孤城！

镜头再拉近、拉近，我们看到了什么？我们不妨闭上眼睛，我们不妨用耳朵去听："羌笛何须怨杨柳，春风不度玉门关。"

原来这是边城的羌笛声。羌笛啊，你何必要吹奏起怨恨离别的《折杨柳》呢？并不是杨柳让人告别春天啊，而是春风根本不会吹到这玉门关外。

诗非常简单，但如此简单的诗句中，有宏大，也有细微；有远景，也有近景；有视觉，也有听觉。

视觉中有听觉，"一片孤城万仞山"中似乎就有呼啸的风声，听觉中有视觉——杨柳就是听觉中的视觉。

《汇编唐诗十集》说："一语不及征人，而征人之苦可想。"

《而庵说唐诗》说："此诗只要说玉门关外之苦而苦见矣。风致绝人，真好诗。"

真好诗！

孟浩然

春晓

春眠不觉晓，

处处闻啼鸟。

夜来风雨声，

花落知多少。

春晓

孟浩然

春眠不觉晓，
处处闻啼鸟。
夜来风雨声，
花落知多少。

孟浩然，是襄阳人，年轻时隐居于鹿门山，读书、游览、交友、写诗，是其生活中的四大主要内容。

《新唐书·文苑传》记了孟浩然两桩逸事：其一说孟浩然 40 岁的时候，曾经到长安去拜访友人，在太学里赋诗，为众人所叹服。张九龄和王维都很欣赏他，常常称道他的诗。有一次，王维邀请孟浩然到自己的官署中。刚刚坐了一小会儿，唐玄宗亲自到王维供职的机关来了。孟浩然赶紧藏到床（唐代的官署的床，当然是坐具）下去了，王维怕皇帝发现了，更加被动，就向皇帝说出来了。玄宗就说："我早就听说过此人，但一直没见过，干吗害怕躲起来呢？让他出来见我。"孟浩然于是从床下爬出来见玄宗，玄宗让他背诵几首他的诗作，孟浩然叩头再拜，然后就背诵了几首，当孟浩然诵到“不才明主弃”的诗句时，玄宗不高兴了，说：“哎，是你自己不追求仕进，我并没有弃你，为什么要诬赖我？”就这样，孟浩然错过一次非常好的当官的机会。

其二说，孟浩然隐居襄阳，当时朝廷官员中有一位名人，叫韩朝宗，时任荆州大都督府长史、山南采访使，韩朝宗以识才、爱才、善于举荐人才著称。韩朝宗看中了孟浩然的才华，就主动说要向朝廷举荐孟浩然，与孟浩然约好日子一起赴长安。在约好出行的那一天，孟浩然家里却来了一位多年没见过面的朋友，孟浩然就摆上酒席叫来很多人，一起招待这位友人。大家越喝越起劲，这时孟浩然的仆人提醒他说，大人你不是和韩大人约好要一起进京吗？孟浩然当即呵斥他说：“都开始喝酒了，哪里还管那些！”一直喝酒喝到半夜，当然也没赴约会。

孟浩然其实并非终身不仕，据《旧唐书》说，张九龄任荆州大都督府长史之时，曾让孟浩然在都督府任职，“署为从事，与之唱和”。不过，孟浩然对当官兴趣并不浓，很快就告辞回乡了。

我觉得孟浩然是不是隐士并不重要，重要的是孟浩然是一个很爽气的人。从前面两个故事中，都可以看出孟浩然任何时候都要按自己的意愿生活，按自己的想法说话、写诗，装不了半点的假。

孟浩然之死，也是死于他爽气的性格。从张九龄幕府辞归回家，没过多久，王昌龄来到了襄阳。作为襄阳人的孟浩然当然要尽地主之谊，于是又摆下酒宴，呼朋唤友，新朋旧友来了不少，一起跟王昌龄痛饮。这时的孟浩然刚刚患背疽，已经快好了，按照医嘱是不能参加酒宴的，因为酒宴上难免会有一些食品，属于“发物”之类，会导致背疽恶化。但是，知音相逢，不喝酒，怎么对得起远道而来的王昌龄？不喝酒，哪里能够尽兴？于是孟浩然就把医嘱丢到了一边，一时间大摆宴席，当然也亲自上了酒桌，陪着好友王昌龄吃吃喝喝，也没留神什么食物可以吃，什么食物不该吃。他吃了新捕的鲜鱼,不料这正是典型的“发物”，几天后，他背疽发作，就这样离开了人世。

孟浩然这么重友谊，朋友们当然也不会忘记他。多年后，王维到了襄阳，还专门为孟浩然画了像，建了亭，名为浩然亭。后来，人们又认为叫浩然亭，直呼孟浩然的名字不够尊敬，改称孟亭。

杜甫《解闷十二首》说：“复忆襄阳孟浩然，清诗句句尽堪传。”

清代沈德潜《唐诗别裁集》说孟浩然“语淡而味终不薄”。

《春晓》这首诗，初读就很亲切，但诗句所用语言平平淡淡，一般也说不出它有什么好。

人们说平淡天真是诗的很高境界，这首诗，第一好在平淡，第二好在天真。

古人遵从自然规律，日出而作，日落而息。

但是在春天，人比较容易犯困，睡眠质量也比较好，一觉睡醒，发现天已经大亮，听到耳边一片鸟声，从屋前走到屋后，到处都能听到鸟儿们的欢歌。

这时回想昨晚睡觉时候，听到了屋外的风雨之声，就想到处去看看，夜间的风雨，究竟吹落了多少花朵？

一个人总能睡觉睡得很香，是一种幸福；睡觉可以睡到自然醒，是一种幸福；自然醒之后，不用慌里慌张赶去上班（如果是朝廷的官员，当然需要上朝，地方官也要到衙门报到），还可以赖在床上听一会儿小鸟鸣叫，是一种幸福；完全清醒过来后，走出户外，到处去听听鸟叫，也是一种幸福。

只有这样幸福的人，才能想起昨夜的风雨；想起昨夜风雨之中，虽是春天，外面也是寒冷的，而自己已经在被窝了，自己多么舒适；想起当自己舒舒服服地躺在被窝里时，那些花朵们怎么样了呢？我要到处走走，到处检视一番，看看有多少花朵被风雨给吹落了，可惜啊，这些娇嫩的花朵，就这样在春天的风雨之夜被吹落。

只有像孟浩然这样幸福的人，才有这样柔软的心，去怜惜春夜的风雨里凋零的花朵。孟浩然的怜惜，毫不造作，更没有黛玉葬花的自怜与哀伤。

孟浩然是因为态度洒脱而生活在幸福中，因为珍惜生命而怜惜花朵。

孟浩然没有错过生命中的“小确幸”。

日本作家村上春树曾在随笔集《兰格汉斯岛的午后》中说：“如果人生没有这些小确幸，人生也只不过是干巴巴的沙漠而已。”

孟浩然的幸福，既是小确幸，也是人间的大体验。

世界就这么自然而然地存在，如同春天，如同早晨，如同春天早晨的鸟鸣；世界就这么充满了变化与生灭，如同夜来的风雨，如同落英缤纷，有生就有死，有绽放就有飘零，在春天里也有花朵的飘零。

宋代李清照的《如梦令》说“昨夜雨疏风骤”，结果“应是绿肥红瘦”，是写一夜风雨过后，花瓣凋落，是对大自然的一种有感情有温度的观察与体会。但是，与孟浩然“夜来风雨声，花落知多少”相比，就有些“刻意伤春”之感，没有那么自然。

古人评价孟浩然诗说，“冲淡中有壮逸之气”。试着体会一下“春眠不觉晓，处处闻啼鸟”，似乎听到了全世界的鸟鸣；“夜来风雨声，花落知多少”，又对全世界的花朵表示了惋惜。王国维说诗人都是具有“赤子之心”的人，在孟浩然的天真自然中，也可以看到他的一颗童心。

王昌龄　出塞（其一）

秦时明月汉时关，

万里长征人未还。

但使龙城飞将在，

不教胡马度阴山。

出塞（其一）

王昌龄

秦时明月汉时关，
万里长征人未还。
但使龙城飞将在，
不教胡马度阴山。

如果大家熟悉中国历史，就会有一种感觉，中国历史中失败的英雄，能得到正面评价的非常少。比如王莽，他其实是一个具有儒家理想主义色彩的人物，他希望重建儒家的社会秩序，恢复西周制度，恢复井田制。他的理想主义、“书生政治”（钱穆语）最终失败，后世对于这个失败的人物,只留下了一个野心家的恶名。再比如唐代王叔文，面对中唐中央政权软弱、藩镇林立、政治上诸多乱政、急需改革的局面，进行“永贞革新”，失败后不仅丢了性命，还遭遇史官恶评，被描写为政治小人。

中国历史上失败的英雄中，能够得到正面评价的，有陈涉、项羽和李广。他们的声名，应当归功于具有史才、史识，尤其是史胆的太史公司马迁。他不以成败论英雄，突破成王败寇的著史惯例，给予这些人物很高的历史评价，使得他们的事迹能够经久流传，感动后人。

大家耳熟能详的飞将军李广，他的先祖是秦朝名将李信。李广生在陇西，处于边陲，少年即擅长骑马射箭。汉文帝十四年（前166），匈奴大举入侵，李广从军，在战场杀敌立功，被提拔为中郎（属于皇帝的侍卫）。文帝见李广如此勇武，说："可惜啊，你生在此时，不是大用兵的时代，难以尽情施展才华，你要是生在汉开国之时，追随高祖，封万户侯那是分分钟的事。"

汉景帝时，因"削藩"而爆发了"七国之乱"。李广跟随名将周亚夫与叛军对垒，在昌邑城下大破叛军，立下了大功。按说，这一次李广应该可以封侯的，但他却犯了一个错误。李广回师解围睢阳，梁孝王很赞赏李广，就拿了一枚将军印赏给他。按说梁孝王是诸侯王，李广是中央军的军官，是不能授受诸侯王的封赏的。但李广只是个武将，并不懂这些复杂的规矩，"七国之乱"平定后，在平叛中立功的诸将都被封赏，唯独李广因为犯了这个错，没有得到封赏。

李广的才能在平定"七国之乱"中得到更充分的体现。他虽没有得到应有的封赏，但还是升职了。平叛后，李广被任命为上谷太守。这是一个边疆郡，李广在这里跟匈奴打了不计其数的仗。李广太勇敢了，总是身先士卒，冲锋在前，以至于典属国公孙昆邪在景帝面前哭诉，说李广的勇武与才气，天下无双，他老是亲自上阵与匈奴作战，恐怕会有所闪失，损失了这员猛将。景帝就把他调为上郡太守。之后，李广又当过陇西、北地、雁门、云中太守，总之，他一直在边关上效力，一直在守边关、战匈奴。

“武帝即位，左右言广名将也，由是入为未央卫尉”，汉武帝即位，李广被任命为未央卫尉。这个未央卫尉，是保卫未央宫的官。李广成了皇帝禁卫军的一位将军，因为李广此时已经成了舆论公认的名将。

每次作战，李广都显示出了过人的勇气、惊人的战斗力。但是，李广的运气实在是太差了，这么一位久经沙场的将军，每次都因为各种因素，要么未得立功，要么是功过相抵，纵横沙场 40 年，一直到 60 多岁被逼自杀，也没能封侯，留下了“李广难封”的成语。

但是，对手给李广的“飞将军”称号，就是李广获得的荣誉，司马迁《史记》记下的一个个传奇般的故事，也是历史给予李广的敬礼。

第一个故事:下马迎敌。李广带领百名骑兵,远离大军,却遭遇了一支数千人的匈奴骑兵部队，这时的李广，没有惊慌失措，反而让士兵们下马，解下马鞍，就地休息放松。匈奴骑兵看到这个场景，认为是派来诱敌的疑兵，不敢进攻。匈奴军中有一个白马将想要袭击，被李广射杀。李广杀了敌将，又若无其事地坐下休息，把匈奴人看得胆战心惊，一直不敢进攻。匈奴以为汉军大军要来攻打，夜半逃走。李广和他的手下于是成功地回到了大军。

第二个故事：夺马逃归。李广出雁门关进攻匈奴，李广兵少，匈奴人多，密密麻麻地将李广军队包围起来。匈奴单于久闻李广是一员猛将，很钦佩他的英勇无畏，所以下令手下不要杀害李广，一定要活捉。李广的军队被击败，李广被俘虏。匈奴在两匹马中间扯了张网，将李广放置在中间的网上。走了 10 多里路之后，李广装死，乘敌不备，夺下一匹匈奴骏马，从匈奴军中逃走。匈奴骑兵数百人追来，他用弓箭射杀追在前面的骑兵，竟然奇迹般逃了回来。

第三个故事：以少敌多。李广带 4000 骑兵出关，深入匈奴区域数百里。友军迷路不至，李广的队伍被匈奴左贤王所率领的 4 万骑兵包围，将士们都很恐惧。为了解除大家的恐慌，李广派自己的儿子李敢带领几十名骑兵冲击敌阵，冲出敌人包围，又冲回自己阵营，向大家宣布匈奴没什么厉害的。军士们见状，都镇静下来。匈奴包围汉军，汉军列成一个圆圈来抵抗。匈奴箭如雨注，汉军死伤过半。更严峻的考验来了，汉军的箭马上要射完了。李广命令大家都将箭搭在弓弦上，拉满了弓，但引而不发。自己以强弓一个接一个地射杀匈奴左贤王身边的诸将，吓得左贤王直往后退，士兵们都已吓得面无人色。李广神气自如，带领将士进行反击，战斗进行了一天一夜，到第二天，才终于等来援军，匈奴退去。

第四个故事：射石没羽。李广有一次打猎，见到草中有一只老虎，情急之下，一箭射去，定睛一看，原来是一块很像老虎的大石头，只见箭矢已经深深射进石头中间，只有箭尾的翎羽还露了一半。

“李广难封”，但无论是在当时，还是在历史上，李广都自有其光荣与荣耀。“广在郡，匈奴号曰‘汉飞将军’，避之，数岁不入界”。能够让匈奴避之的名将，是李广当时的功绩；千年之后，在王昌龄诗中，“但使龙城飞将在，不教胡马度阴山”是李广后世的英名。

秦朝的明月与汉朝的明月，是同一轮明月。

秦朝的边关，也是汉朝边关，但无论是秦是汉还是唐，总有人在为你守卫边关。

总有人在万里之外，为了长安城里那些歌舞升平、肥马轻裘的人，冒着风雪，顶着严寒，防范着那随时来袭的敌骑。

总有人在万里之外，为江南的那些书生、歌伎舞女，那些在田间劳作的农人，那些担着货物的生意人，为洛阳城中那些亦隐亦仕、享受着俸禄的元稹、白居易，为那些过着平凡无奇的日子的人，为那些一鸣惊人、金榜题名的才子，在风雪中，在烽火中，在矛戟的丛林中，在枪林箭雨、血雨腥风中，守护着大家，守护着全国的人。

但是，那万里的边关，也不是谁都能守住的。并不是所有的军人，都能将外敌驱逐；不是所有的守将，都能使敌人胆寒。

无论何朝何代，无论富贵贫贱，所有时代的人都会怀念那位英勇善战、屡战匈奴，已经成为传奇的英雄——“飞将军”李广。只要有他在，敌人的铁骑就不敢越过阴山。

这就是王昌龄《出塞（其一）》的含义。

唐代诗人王昌龄曾多次出塞，北出大漠，西边甚至到过李白的出生地碎叶（今吉尔吉斯斯坦北部托克马克附近）。王昌龄对于边关生活十分了解，深刻理解边关人民乃至全国人民是如何需要优秀的军人来保卫。

“李广难封”，在中国历代人心中，李广的“飞将军”的声名，又岂是“万户侯”的名号可以媲美的！

王维

鸟鸣涧

人闲桂花落，

夜静春山空。

月出惊山鸟，

时鸣春涧中。

鸟鸣涧

王维

人闲桂花落，
夜静春山空。
月出惊山鸟，
时鸣春涧中。

本来，王维很早就有诗名，后来通过岐王李范等权贵，尤其是玉真公主的推荐，科举高中，任太乐丞，主管朝廷音乐。王维这一年才 21 岁，正是英俊少年，风流倜傥,仕途看来前景辉煌。谁知因为手下伶官私自舞黄狮子，遭到举报，王维被贬为济州司仓参军。春天高中，夏天任职，秋天遭贬，王维刚刚开始仕途生涯，就坐了一次过山车。应当说这次事件对王维思想的影响是很大的。

从 21 岁到 26 岁，王维在济州司仓参军的位子上，待了 5 年。5 年后，他离职隐居到了淇上（淇水边，淇水在河南境内），后来回到长安，又向道先禅师学顿教，再后来又遭遇妻子去世的变故。一直到 35 岁，他才重新出仕，当了右拾遗（从八品上）；右拾遗当到 40 岁时，迁殿中侍御史（正八品下），被派到岭南主持地方考试，回来之后又离职隐居终南山。第二年，他又回去当官，成了左补阙。

王维44岁时，买下了初唐宋之问在蓝田辋川营造的一处别业。此处荒废已久，王维将其购入之后，又花费很大精力改造，将其变成了风景优美、非常宜居的隐居之地。

从王维整个仕途生涯来说，他虽然出名很早，但仕途并不顺畅，初入仕就遭贬谪，从20出头到40多岁，基本都在八品官位子上徘徊。所以其选择林泉仕隐，也是出于一种无奈的心情。

王维隐居山水田园，将生命寄托于山水之间的情怀，除了其人生经历之外，也与他对佛教，尤其是禅宗思想的吸收有关。王维母亲晚年师事北宗的普寂禅师（也称大照禅师），王维自己曾经受教于道一，即后来创建南宗禅重要派别洪州禅的马祖，后来又与慧能的弟子神会交情甚好。王维虽对禅宗的北宗和南宗都有接触，但其思想上受南宗影响更为深刻，其诗中也汲取了南宗一些因素。

南宗的影响，进一步让王维走向自然，而对政治的兴趣越来越淡。其对山水的欣赏与领悟，也受到了南宗“顿悟”观的影响。

这首《鸟鸣涧》是王维远游吴越、居住在友人皇甫岳的云溪别业时所写《皇甫岳云溪杂题五首》中的一首。皇甫岳是曾任殿中监的皇甫恂的弟弟，生平不详。皇甫恂曾因为与玄宗异母弟薛王李业内弟私议玄宗后事，被贬为锦州（唐朝以辰州麻阳县地及开山洞置锦州，横跨今湘西和黔东）刺史。王维在长安时,曾出入诸王府第,跟岐王李范、薛王李业比较亲近，所以大概皇甫岳也是王维在长安的旧友。至于王维究竟是什么时间到了越中的云溪（若耶溪），推测大概是王维贬官济州司仓参军时，那时他经常出游江南,所以曾在皇甫岳的云溪别业逗留。因为王维在济州时，其长官是诗人张九龄，张九龄对王维十分爱护，司仓这个职位又没有太多公务，所以王维那几年经常翘班到各地云游。这也是可以理解的事。

王维跟皇甫岳的交情还可以从王维作的《皇甫岳写真赞》看出。皇甫岳写真即皇甫岳的画像，这是谁的作品？根据王维善画的情况，很可能画也是王维作的。

赞云：“有道者古，其神则清。双眸朗畅，四气和平。长江月影，太华松声。周而不器，独也难名。且未婚嫁，犹寄簪缨。烧丹药就，辟谷将成。云溪之下，法本无生。”

从写真赞中可以看出：第一，皇甫岳相貌清秀，目光清朗，气息和平。第二，皇甫岳当时没有当官，秉持着君子不器的思想，隐居于云溪。第三，皇甫岳当时也没有结婚娶妻，可能是出于修道的理想，不愿结婚；也可能仅仅是因为年轻，还没有合适的对象。第四，皇甫岳既热衷于炼丹和辟谷这些道教活动，又在云溪之滨隐居学佛，因此有“无生”之想。

从赞可以看出，皇甫岳跟王维年龄相仿，又有长安的旧谊，更重要的是两人都热爱自然，崇信佛教。所以，王维才会在云溪与皇甫岳同住，而且写下组诗。

这里就对这首诗进行一下欣赏，理解一下其中的诗情与禅趣。

先看“人闲桂花落，夜静春山空”。

徐增《而庵说唐诗》:“‘夜静春山空’，右丞精于禅理，其诗皆合圣教，有此五个字，可不必更读十二部经矣。‘时鸣春涧中’，夫鸟与涧同在春山之中，月既惊鸟，鸟亦惊涧，鸟鸣在树，声却在涧，纯是化工，非人为可及也。”

黄叔灿《唐诗笺注》:“闲事闲情，妙以闲人领此闲趣。”

徐增说王维的诗合于圣教，圣教就是佛教。徐增说，“夜静春山空”五个字，可以帮助人们理解佛教教义，甚至可以代替读佛教十二部经。这当然是夸张的说法，但这一句确有佛理禅韵。佛教喜欢讲寂灭。夜静，是十分静寂的，这是寂；山空，同样是寂。两者相加，就是寂中之寂。佛教又喜欢讲生机，一个“春”字，又含了无限生机于其中，寂灭中有生机，这符合佛教对大千世界的理解。

再看“月出惊山鸟，时鸣春涧中”。

朱之荆《增订唐诗摘抄》:“鸟惊月出,甚言山中之空。”

锺惺、谭元春《唐诗归》:“锺云:此‘惊’字妙(‘月出’句下)!锺云:幽寂(末句下)。”

俞陛云《诗境浅说续编》:“昔人谓‘鸟鸣山更幽’句，静中之动，弥见其静，此诗亦然。”

月亮出来，鸟被惊了一下，不时叫上几声。为什么鸟会被月亮惊吓?这是因为山涧之间，太空寂、太安静了，既没有人和动物的活动，也没有任何声音，连月亮出来，都能让鸟惊一下。鸟被惊了一下，不时地鸣上几声，这种鸣叫声，在这寂静无人的春涧之中回响，让无人的春涧，显得更加幽寂。

李锳《诗法易简录》:“鸟鸣，动机也;涧，狭境也。而先着‘夜静春山空’五字于其前，然后点出鸟鸣涧来，便觉有一种空旷寂静景象，因鸟鸣而愈显者，流露于笔墨之外。一片化机，非复人力可到。”

胡应麟《诗薮》:“太白五言自是天仙口语，右丞却入禅宗，如人闲桂花落……读之身世两忘，万念皆寂。”

王维诗，最能得禅宗之南宗旨趣，就在于诗中的生机勃勃与空虚寂灭并呈，使人在诗的意境中感受到世间之生灭无常的道理。诗中的道理一经用理性语言描述则失去了其魅力，只能是用诗的语言来表述。

“人闲桂花落”，大自然并不需要人来做什么，人自闲处，桂花自落；“夜静春山空”，空无、寂静的宇宙间，自有生机涌动。

“月出惊山鸟，时鸣春涧中”：月出，鸟吃惊了，没有月，作为生命代表的鸟亦无所感、无所动；没有鸟，月出亦无意义，这是拥有无限时间的月亮与只拥有有限生命的鸟之平等。春涧寂静，更显出鸟鸣之中的生机，鸟鸣时，春涧也因鸟鸣而更显其静寂，这是无生命、有运动的春涧与有生命、有声音的鸟之相生。

宇宙之间，万物平等，和谐，相生，寂静中充满生机。

李白

黄鹤楼送孟浩然之广陵

故人西辞黄鹤楼，

烟花三月下扬州。

孤帆远影碧空尽，

唯见长江天际流。

黄鹤楼送孟浩然之广陵

李白

故人西辞黄鹤楼，
烟花三月下扬州。
孤帆远影碧空尽，
唯见长江天际流。

诗的大意说：

我的老朋友向西辞别了黄鹤楼，在三月春烟袅袅、春花绽放的时节里，乘着船要顺流而下，去往那美丽的扬州了。

我啊，站在这黄鹤楼下的江岸上，远远地望远远地望，看到碧蓝的天的尽处，那孤单的帆影消失在远方，只见长江的水向着天边流去，向着视野的尽处流去。

陆游在《入蜀记》中说："太白登黄鹤楼送孟浩然诗云'征帆远影碧山尽，唯见长江天际流'，盖帆樯映远山尤可观，非江行久不能知也。"

陆游的话既可以看到当时其所见的李白诗，与今天版本不同，更能够帮助我们对李白诗中的意境有更好的理解。

陆游号称小李白，其共同浪漫情怀之外，两人都有对生活细节的敏感、细致的观察，善于在生活中发现美，发现壮观，发现浩渺，发现转瞬即逝的绚丽片段。这也是他们诗歌艺术能够取得很高成就的原因吧。

李白周游天下、云游四海，尤其跟湖北和长江有不解之缘。他曾长期定居安陆，后又经常往返于江夏一带，正是在江夏遇到了隐居襄阳的孟浩然，才有了这首《黄鹤楼送孟浩然之广陵》。

中南民族大学王兆鹏教授和他的团队耗时 5 年，将历史上诗人们一生的旅行足迹做成了地图。他们做出的地图显示出李白确实是一位深爱漫游的诗人，他漫游的足迹遍布全国。

唐代诗人的送行和赠别诗，来自他们的送别习惯。比如，李白是你的朋友，他今天告诉你，他要离开长安去山东了,今天大概你们一群人喝一顿酒就告别了。但在唐代，可能你和一大帮朋友会一起跟着李白，先送他到长安的郊外，住下来告别，天天喝酒、赋诗、观赏歌舞，一告别可能就是 10 来天，然后，李白终于踏上旅途，出发了。但过了没几天，你又在长安街头遇到他了。原来，他路上遇到了涨水，道路阻断了，根本没去成山东，又回来了。然后你们一帮人又开始一起喝酒，为他接风。喝了几天酒之后，有一天李白又告诉你，他要走了，这次目的地是东吴（就是现在的苏州），这又是一次长途旅行，于是你们一群人又送他到城外住下开始了又一次告别……

李白一生，遍游天下，加之性情豪爽，喜欢交游，所以其一生结交的朋友非常多，据统计，光是《李太白集》中出现的朋友人名就有 400 多个。送行、赠别之诗，在李白诗中也占很大比例。唐朝是一个诗的时代，李白交往的人中，也有很多本身就是诗人。诗人间的友谊，历来为人们所关注，贺知章、孟浩然、王昌龄、高适、杜甫等都是李白的好友。

李白的诗人朋友中，贺知章对李白有知遇之恩。

杜甫对李白感情最深，光写给李白的诗就有 15 首，李白也有 3 首写给杜甫的诗。

王昌龄和李白则既是好友，又有诗界领袖地位竞争关系。王昌龄后世名气赶不上李白,但在当时声名是“辗压”李白的。当时王昌龄有个称号是诗天子，而李白的称号是诗宰相。

高适和李白关系则令后人感觉遗憾，他们曾经亲密无间，饮则同席，卧则共榻，相得甚欢。李白参与永王李璘幕府，作为叛逆被捕下狱之时，担任征讨李璘军统帅的正是高适。李白及其家人想请高适看在老朋友的友谊上，将其救出囹圄。高适却因惧怕受牵连，避之唯恐不及，连李白的妻子宗氏多次登门求见都被拒绝。

李白和孟浩然的关系，则非常纯粹，纯然是李白喜欢孟浩然的洒脱，孟浩然也喜欢李白的义气。

孟浩然比李白大12岁（孟浩然生于689年，李白出生在701年），两人相识之时，李白25岁，孟浩然已经37岁。

李白出生于碎叶城（今吉尔吉斯斯坦北部托克马克附近），幼年时随父亲回到四川。开元十三年（725），李白出川，开始了自己“仗剑去国，辞亲远游”的生涯，第二年春到了扬州（今江苏扬州）。在扬州，李白结识了孟浩然。后来，李白北游汝州（今河南临汝），孟浩然南游越中，两人在溧阳分手，分别时李白曾作《游溧阳北湖亭望瓦屋山怀古赠孟浩然》。

此后李白到安陆（今湖北安陆），与故宰相许圉师的孙女结婚，遂居安陆。开元二十一年（733），孟浩然、李白在长安相遇。李白《赠孟浩然》诗中写道：“吾爱孟夫子，风流天下闻。红颜弃轩冕，白首卧松云。醉月频中圣，迷花不事君。高山安可仰，徒此揖清芬。”

两年后，居住在安陆的李白听说孟浩然回到了襄阳，就写了《春日归山寄孟浩然》。孟浩然收到李白的诗，写信邀请李白到襄阳一聚，李白欣然前往。孟浩然、李白和当地的一些友人一起在襄阳游山玩水，诗酒尽欢。数日之后，李白又沿汉水乘船到了江夏。李白在江夏逗留期间，孟浩然受崔国辅（也是一位诗人，开元十四年登进士第，历官山阴尉、许昌令、集贤院直学士、礼部员外郎等职，当时名气很大）之邀请，到扬州去和崔国辅同游（结果两人错过了，并没有见到面）。经过江夏时，李白和友人们为孟浩然送行，作了这首《黄鹤楼送孟浩然之广陵》。

有人问，为什么李白写给孟浩然的诗有多首，孟浩然却没有写给李白的诗？原因很简单：第一，孟浩然年长李白 12 岁，年轻人向年长者献诗，年长者偶尔回赠，或者不回赠，都没有什么问题，这也可以解释为什么杜甫写了那么多首诗给李白，而李白却很少写诗给杜甫。第二，李白当时的生活方式，是干谒、献诗、交友、游历成一体的，他到处结交朋友就是靠写诗，而孟浩然是隐士，也有干谒、献诗的时候，相对于热血沸腾、精力旺盛的李白，孟浩然诗作本来就少得多，赠诗、献诗的数量总体也少很多。第三，孟浩然能够安心当隐士，大概也是有一定家底的，所以孟浩然也在自己的山庄招待过李白，算是李白众多赞助人之一，当然李白写诗给他会比他写诗给李白要更自然、合理。

也有人问，李白那么积极进取的人，怎么会那么喜欢孟浩然这位淡泊名利的隐士？这是因为李白有大志，有进取之心，但绝不是贪婪竞进之徒，他的理想是功成身退，以他的浪漫的想法，总认为自己是才华盖世，如果有机会发挥，随便指点一下江山，就能挽救国家的命运。李白最崇拜谢安，能隐居时就隐居，国家需要时就出山，出山就能定乾坤、成大事。所以他想象自己立下伟大功业之后，决不留恋名利和地位，而是拂衣而去，泛舟江海。所以李白的进取并不妨碍他对孟浩然淡泊宁静之志的认同。

“孤帆远影碧空尽，唯见长江天际流。”那已然远逝的不仅仅是孟浩然的身影，还有那个纯真的年代，那个充满纯洁理想的一代又一代的诗人，只有江水依旧，黄鹤楼仍在江边矗立，滚滚长江之水，依然向着天际流去。

高适

别董大

千里黄云白日曛，

北风吹雁雪纷纷。

莫愁前路无知己，

天下谁人不识君。

别董大

高适

千里黄云白日曛，
北风吹雁雪纷纷。
莫愁前路无知己，
天下谁人不识君。

赌博当然是一种恶习，但古今中外名人，很多都曾有过赌博的恶习。汉高祖刘邦在秦末参加起义前就是一个好赌的乡干部，而俄国作家陀思妥耶夫斯基，更是一个不可救药的赌徒。陀思妥耶夫斯基虽然很有文学才华，却总是不愿意写作，而是经常跑到赌场去赌博。他的运气又非常不好，总是会输光口袋里的最后一枚钱币，然后又借一大笔赌债，等到走投无路之时，只好向熟悉的出版商求助。出版商乘机以苛刻的条件向其索稿，而且要求两个月之内交稿，陀氏只好答应。答应下来之后，他实际手里和脑子里连一个字的稿子都没有，这时出版商预支的钱只够每天吃饭的饭钱，还有请一位速记员的工钱。于是陀思妥耶夫斯基请来一位速记员，待在自己租来的已经被债主搬光了家具的房间里，穿着一件破烂不堪的短大衣，两臂抱在胸前，在房间里来回走着，开始口授自己的小说。就这样，在欠下大笔赌债之后，陀思妥耶夫斯基就能够写作了，并且一天天地写得越来越快。到最后连最熟练的速记员也只能勉强赶上他的口授速度。他终于完成了不可能完成的任务，用两个月时间写出一部 30 万字的小说。陀思妥耶夫斯基拿到了一笔稿费，还掉了债务，买了棉衣、靴子、手套、围巾，手里还剩下一袋钱。他看着手中的钱袋，与心中的欲望不断做着斗争，终于还是跑出了家门，又一头扎进赌场……一天一夜之后，他回到了自己的房间里，他又身无分文了，而且还又欠下了一大笔债。他又得去找出版商了，又一部小说必须开始了……陀思妥耶夫斯基的大部分小说都是这样写出来的。

唐代诗人崔颢，年轻时也是一名赌徒，而且不光是赌，他还是一个登徒子，《旧唐书》说他“及游京师，娶妻择有貌者，稍不惬意，即去之，前后数四”。这样的赌徒、花心男，诗却一直写得很好。崔颢早年艳情诗写得多，后来去边塞游历任职，诗风大变，晚期诗变得刚健、深沉起来。

唐代另一位诗人高适，也是一个好赌之人，同样也是边塞的磨砺，成就了其刚健诗风。

身处盛唐的高适，其边塞诗的成就，要高于崔颢。在唐代边塞诗人中，高适、岑参、王昌龄、李颀属于第一梯队，初唐杨炯、崔颢和大历年间的李益、卢纶等人只能算第二梯队。

高适出身在一个尚武的家族，其祖父高偘，曾屡破突厥、高丽，为一代名将，封平原郡开国公，死后陪葬乾陵。出身在这样的家族，高适年轻时，虽饱读诗书，却不屑于去参加科举考试；大概由于父亲从韶州（今广东韶关）归葬长安花费巨大，导致经济困难，甚至卖掉了洛阳的住宅，而流落于梁宋（今河南商丘）一带。

开元十九年（731），高适 28 岁。从这一年开始，他北游燕赵，先是想投朔方节度副大使信安王李祎幕府，后来又到幽州节度使张守珪幕府去求职，未能得到重视。这一段经历，让高适写出了《燕歌行》这样的边塞诗名篇，诗中“战士军前半死生,美人帐下犹歌舞”是广为传诵的名句，也让我们看到了高适对边将骄横、不恤士兵的批判。

开元二十三年（735),高适到长安参加科举考试,落第。这年高适 32 岁。从 32 岁到 46 岁，高适有时在梁宋一带居住，有时出去游历，结交朋友。

高适的朋友不限于文士。江湖渔樵、三教九流，各类人物，高适都结交。当然，从年轻时以来，高适一直没有放弃自己小小的爱好——赌博。到了 40 多岁，一般年轻时放浪形骸的人也都收敛起行为，要么努力科举，争取一举而中；要么好好种地、过日子，当一个微胖、安稳的中年人。但高适却不一样，照样喝酒赌博，写诗作赋，酒喝得很厉害，赌注也下得很大，老是输，却一直赌，尤其是喜欢高谈阔论，谈政治、谈军事：咱不能平凡，谁让咱是将门之后呢！

也许是高适将门之后的余荫，抑或是高适的诸路朋友，尤其是诗界的朋友们到处宣传高适的才气，在政坛收到了效果？总之，唐玄宗天宝八载（749），高适 46 岁时，睢阳太守张九皋推荐他去长安应有道科。这一次，他考上了，被朝廷任命为封丘尉。

可是，在相当于封丘县副县长兼公安局长（尉是管治安的）的位子上，高适只干了 3 年，就辞职了。辞职的原因他在《封丘作》里有所透露："只言小邑无所为，公门百事皆有期。拜迎长官心欲碎，鞭挞黎庶令人悲。"志大才疏是世家子的通病，何况高适这位开国公的孙子；不喜庶务（杂七杂八的行政事务）是文人的共性，何况早就在诗坛有了大名气，与"谪仙人"李白"酒酣登吹台，慷慨悲歌，临风怀古"的高适。诗里面老高说得很实在，本来以我将门虎子、文坛雄杰的气魄，以为当个小小的副县长根本没啥事可干的，就是去混个资格，等着提拔，到中央干大事。谁知道每天都有很多工作，时间紧、任务重、人手少、要求高，全部要限期完成。以我这么牛的大文豪，见到那些县令、刺史还得给他们磕头作揖，心里不知道多憋屈，真是心都要碎了。每天干的，就是抓抓窃贼、催征税收、追索公粮，全是些自己不愿干的事。公堂处罚的所谓窃贼，其实都是生活无着的穷苦百姓。苛捐杂税那么多，老百姓又如何交得上？但凡交不上，就得我这县尉去抓来逼迫上缴，这活哪里是人干的！不干了，不干了！不是说说算了，这个好不容易得来的封丘尉，高适说不干就真不干了。

高适辞职后，到了边关。将门虎子，就是要在边关立功。或许是他时运转好，这次他进了凉州河西节度使哥舒翰幕府，为哥舒翰掌书记，当上了地方军政一把手的大秘书。

后来，发生了改变无数人命运的大事件——安禄山反了！

安禄山反了，就得调人来克他。全国能对付安禄山的名将，就三个：高仙芝、封常清、哥舒翰。哥舒翰年龄太大，身体已经很不好，唐玄宗首先想到的是前两个。于是，封常清在洛阳第一防线，高仙芝在第二防线。谁知封常清一战败退，高仙芝见状赶紧收拾残军退守潼关，玄宗听信谗言，处死了两将。

现在只能派哥舒翰上了，于是哥舒翰的手下都得到了任命。高适被任命为左拾遗，又转为监察御史，仍然在哥舒翰身边，辅佐哥舒翰守潼关。哥舒翰本打算坚守潼关，以坚守来挫安禄山之锐气，却在玄宗催促下被迫出击，落得大败，被士卒绑架投降。

高适在乱军中死里逃生，面见玄宗，报告了战情，得到玄宗信任。

当时玄宗下诏让诸王募兵剿贼，高适力争不可，后果然出现永王璘谋叛事件。这时肃宗已经即位，尊玄宗为太上皇。肃宗听闻高适曾上书献策，颇有预见性，就任命高适为淮南节度使，讨伐永王璘。永王璘被平之后，高适又领军参加平定“安史之乱”的战斗，其中也包括解救睢阳之围的重要战役。

此后又经历了一些起伏。蜀地乱起，高适又被派到蜀地平乱，先后任彭州刺史、蜀州刺史、剑南节度使。唐朝广德二年(764),高适为严武所代,迁刑部侍郎,转散骑常侍,进封渤海县侯。第二年，高适去世，赠礼部尚书。

从50岁投笔从戎，到哥舒翰幕府掌书记，到成为地方大员和朝廷高官；从梁宋赌徒，到刑部侍郎，高适在唐代诗人中，官运来得很晚，但却是走得比较远、官位较高的一个。

《别董大》作于唐玄宗天宝六载（747），诗中的董大就是当时著名的琴师董庭兰。董庭兰本是吏部尚书房琯的门客，房琯被贬离京，董大也离开了长安。在一个冬日里，高适和董大相会在睢阳。一个落魄赌徒，一个失业琴师，本来在长安就认识，现在相遇，当然要在一起喝个痛快。董大说起房琯失势，说自己无依无靠。有着豪侠之气的高适就安慰他说，怕个啥，天下谁不认识你！

《别董大》中的自然描写非常简练、传神，“千里黄云白日曛，北风吹雁雪纷纷”，一下就抓住了西北风光特征。高适不愧是写景高手，从中可看到生活阅历对诗歌的意义。“莫愁前路无知己，天下谁人不识君”既是对朋友的赞扬，也是对朋友的安慰与勉励。

叶羲昂《唐诗直解》说：“慷慨悲壮，落句太直。”

其实此诗好就好在“直”！

徐增《而庵说唐诗》：“此诗妙在粗豪。”石渠《葵青居七绝诗三百纂释》说：“身份占得高，眼界放得阔。”

这些评说得我心矣！

一代赌徒，凭直抒胸臆，成一代大诗人；靠一腔豪气，终于成一代名臣。老而入仕，却为国家立下了不小的功劳，这就是盛唐边塞诗人高适。

诗词链接

《全唐诗》

《全唐诗》又称《钦定全唐诗》，是一部范围较广的唐诗总集，是由清曹寅、彭定求等奉敕编纂的唐诗总集。康熙皇帝于康熙四十四年（1705）三月下令江宁织造曹寅主持编纂《全唐诗》，同年五月，在扬州开局修书，参加校刊编修的有赋闲江南的在籍翰林官彭定求、沈三曾、杨中讷等十人。次年十月，全书即编成。此书以明胡震亨《唐音统签》及清季振宜《唐诗》为底本，又旁采碑、碣、稗史、杂书之所载拾遗补阙而成。

全书共900卷，共收录唐、五代350年间诗歌48900余首，收入诗人2246名。全书以人系诗，按时代先后排列，对可考稽的作者多附小传。

此书最早的版本是康熙四十六年（1707）扬州诗局刻本，120册。后有光绪十三年（1887）上海同文书局石印本（四函），合成32卷。1960年中华书局出排印本。1979年中华书局将1960年版改为平装本25册。1983年中华书局又据平装本出版了《全唐诗作者索引》。

杜甫

春夜喜雨

好雨知时节，

当春乃发生。

随风潜入夜，

润物细无声。

野径云俱黑，

江船火独明。

晓看红湿处，

花重锦官城。

春夜喜雨

杜甫

好雨知时节，
当春乃发生。
随风潜入夜，
润物细无声。
野径云俱黑，
江船火独明。
晓看红湿处，
花重锦官城。

在成都城内，最著名的景点莫过于武侯祠和杜甫草堂了。

杜甫在成都的日子，既是其动荡生涯中相对安逸的日子，也是其创作颇有收获的日子，同样也是其诗艺完全成熟、愈来愈精湛的日子。

尤其是杜甫第二次到成都，他老朋友严挺之的儿子严武当了剑南节度使，举荐杜甫做了节度参谋、检校尚书工部员外郎。后来人们称杜甫为杜工部，就是因为杜甫有过这个工部员外郎官衔。杜甫有了俸禄，又得了严武资助，日子过得安逸起来。这样的日子对有的诗人可能是灾难，日子安逸了就写不出诗来了。但对杜甫来说，动荡的生活让他了解民间的疾苦，写出了像《三吏》《三别》这样堪称诗史的作品；而安逸的生活，颇多闲暇的日子，也让他写出大量具有细腻、丰富生活体验的好诗。这首《春夜喜雨》就是其中代表作之一。

好雨懂得时令，到了春天它就来了。

随着风它潜入夜空，在黑暗中它滋润着大地和万物。

野外的小路上空的云都是黑的，只有江中船上的灯火闪着光明。

清晨张望那远处一片红红的、水灵灵的，是什么？是鲜花盛开的锦官城。

这首诗，意思非常显豁明白，似不经意间，用词却非常精到，可以说，无一字可替换。“好雨知时节”，这个“好”字，第一避免用“春”字，没有重复题目；第二表达出了感情，在春天刚刚来到、正需要一场雨来滋润大地的时候来到的雨就是好雨。

“润物细无声”，最妙的是这个“细”字。春雨开始时如雨如雾，它不是冲刷着世界，而是密密地、细细地来润湿万物。

第三联以“黑”对“明”，江船上的灯火正衬托出野外乌云的黑。

最后写雨湿润了植物，雨催开了满城的鲜花。带着雨水的花朵，是红湿的。那满城的花朵，就像美丽的蜀锦图案一样展开，当得起“锦官城”这一称号。

成都称“锦官城”，是因为西汉张骞出使西域，发现除了北方通道之外，在西南还有一条通向印度的通道，西汉政府因此就在成都设了锦官一职，专管丝绸（蜀地产的优质丝绸称蜀锦）贸易与出口。诸葛亮治理蜀国时，为了筹措北伐资金，又恢复了锦官的制度，所以成都也被称为“锦官城”。

关于杜甫在成都的生活，旧唐书说：“甫于成都浣花里种竹植树，结庐枕江，纵酒啸咏，与田夫野老相狎荡，无拘检。”意思就是说，杜甫在成都的浣花里这个地方，又是栽竹子，又是种果树，把房子盖在江边上，临水而居；他经常放开胸怀喝酒吟诗，也不怎么讲究身份地位，和庄稼汉们打成一片，说说笑笑，无拘无束，十分亲近。

在四川，杜甫还有一些趣事，至今被传为佳话。

一是杜甫在夔州也建过一处草堂，称“瀼西草堂”，后来杜甫搬家了，把这处房子让给一位吴姓的亲戚住。杜甫先后两次写诗给这位吴郎，第一次诗中说，吴郎是新从外地忠州搬来的，自己把房子给了吴郎住，这个房子环境比较开阔，可以供亲戚们交往，我偶尔过来坐一下你不反对吧（却为姻娅过逢地，许坐曾轩数散愁）？

过了一段时间，杜甫为一件事，又给这位吴郎写诗（《又呈吴郎》）。原来在瀼西草堂附近，有一位妇人，没有吃的，也没儿子供养，杜甫在草堂这里种了一些枣树，妇人原来经常到草堂这边来打枣子，杜甫一家都是持欢迎态度，但是吴郎住进这个房子之后，就在周围扎起了篱笆。杜甫就在写给吴郎的诗中说，这个妇人，本来无依无靠，她到草堂这边打枣，纯粹是因为穷困无依，因为她是一个弱者、穷困者，本来就对别人的态度很敏感，所以，你要对她亲切一点，免得她见你不熟悉，就害怕、不敢来打枣，“不为困穷宁有此？只缘恐惧转须亲”。可是你住进来之后，却扎起了篱笆，一方面她本来对你这个新从远方来的主人，就有些害怕，怕你不好说话，不让她打枣，可是你偏偏插上了篱笆，像是真的不太好客的人做的事，正好把她吓得不敢来打枣了（即防远客虽多事，便插疏篱却甚真）。

从这个故事中，可以看到杜甫的善良。

第二个故事，也在杜甫的一首诗里，诗名叫《缚鸡行》。起因是杜甫家中人都信佛教，家里的鸡老是啄着虫子在人面前吃，还到处啄食蚂蚁。杜甫的妻子和女儿看到了，就挺讨厌鸡杀害虫蚁的这种行为，于是就叫家里的小童仆去捉了鸡，准备到市场去卖掉，好保护虫蚁。抓住鸡将其绑起来的时候，鸡好像知道自己要大祸临头了，拼命地叫着、挣扎着。杜甫看到鸡叫得可怜，又让小童仆把鸡放了。于是他写诗感叹说：家里人只知道鸡吃了虫子和蚂蚁，害了虫蚁的性命，但不知道，要是把鸡卖了，鸡也难逃被宰杀、烹煮、吃掉的命运。杜甫感叹说，要保护虫蚁，又会害了鸡的性命，人对于虫和鸡，到底应该倾向哪一边呢？鸡吃虫，杀害了虫；为了保护虫就要卖掉鸡，卖掉鸡，等于又杀害了鸡。这中间到底该如何取舍呢？杜甫干脆让童子把鸡解开束缚，让它照样一边自在吃食去。然后杜甫却到山上的阁楼上，对着清澈的江水发呆去了（鸡虫得失无了时，注目寒江倚山阁）。

第三个故事，说严武对杜甫非常优待，也很尊重。杜甫却有些倚老卖老，在严武这位长官面前十分放肆。有一次，杜甫甚至乘着喝醉了的劲头，跳上严武的座席，瞪着严武说：“啊，严挺之还有这样的好儿子啊！”这种举动可以说是非常不讲礼仪，是很不像话的行为，因为古人特别强调父亲的名讳。当着儿子严武的面，直呼他父亲的名字，是非常不礼貌的行为。从严武的为人来说，他是非常霸道，甚至有点喜怒无常的。但是严武很欣赏甚至崇拜杜甫的诗才，所以无论杜甫怎么在严武面前放肆，严武都毫不介意，始终保持对杜甫的尊重和爱护。

通过这些故事,也可看出杜甫的性格。他在贫苦人面前，充满了同情心；对一般田夫野老，都平等相待，平易近人；对于官位很高的人，他不仅不会在他们面前做出恭敬的样子，反而更加倨傲。

杜甫在成都时，还曾写诗给一位他称为“花卿”的花姓将军。此人就是当时一位骁将,名叫花敬定。《赠花卿》说：“锦城丝管日纷纷，半入江风半入云。此曲只应天上有，人间能得几回闻。”描写了这位花将军享受音乐的场景。

另一首《戏作花卿歌》，开头说：“成都猛将有花卿，学语小儿知姓名。”描写花卿的勇猛善战，说：“用如快鹘风火生，见贼唯多身始轻。”又说：“子章髑髅血模糊，手提掷还崔大夫。”

这崔大夫指崔光远，是花敬定的上司，子章指段子璋，花敬定曾平定段子璋之乱。

现代小说家，也是后来的唐代文学专家施蛰存，曾据此写作小说《将军的头》，小说的主人公就是这位花敬定。小说中说花将军是吐蕃商人的后代，加入唐朝军队，骁勇善战，长年与吐蕃作战，立下汗马功劳，最后在跟吐蕃军队作战的战场上，在脑袋已被敌将砍下的瞬间，同时也砍下了敌将的脑袋。没有了头的花将军，竟然还骑着自己的大宛神骏，跑到自己喜欢的姑娘的门前小溪洗手，被少女一阵奚落嘲笑，方才明白自己已经阵亡。

小说故事情节虽荒诞，却很有艺术韵味，其中砍敌将脑袋的描写，大概受到了杜甫《戏作花卿歌》诗斩首描写的启发。

小说中有一点却是很符合历史真实的，经历了“安史之乱”的唐王朝，内忧外患交织，杜甫时代的成都，其实已经成了对抗吐蕃的前线。

诗词链接 ● 《全宋词》

《全宋词》是由当代学者唐圭璋（1901—1990）编纂的宋词总集。

唐圭璋在综合诸家辑刻的基础上，广泛搜采，凡宋人文集中所附、宋人词选中所选、宋人笔记中所载词作，俱一并采录，更旁求类书、方志、金石、题跋、花木谱等书中所载之词，统汇于一处，编为《全宋词》。

此书1937年编成，1940年由商务印书馆在长沙出版。中华人民共和国成立后，编者对此书进行重编，并经王仲闻订补加工，1965年由中华书局重印出版。

韦应物

滁州西涧

独怜幽草涧边生，

上有黄鹂深树鸣。

春潮带雨晚来急，

野渡无人舟自横。

滁州西涧

韦应物

独怜幽草涧边生，
上有黄鹂深树鸣。
春潮带雨晚来急，
野渡无人舟自横。

《滁州西涧》这首诗是韦应物在滁州时所作。

一个黄昏时刻，有一株不起眼的幽草，默默生长着，悬在涧边。涧边有高高的树，树的深处，有黄鹂在鸣叫。一阵急雨来了，春潮也一起来。此时的水边，没有渡客，没有船夫，唯有一只无人的小舟，被潮水冲着，被雨水击打着，横在那溪边。

这是一个寂寞的时刻、寂寞的地方。

只有寂寞的幽草，但爱叫的黄鹂在这里干什么？只因黄鹂的鸣叫会让这个时刻显得更加寂寞。

“春潮带雨晚来急”，不是雨带来了春潮，而是春潮来得急，雨也来得急，春潮和雨，都在傍晚时来了。

野渡无人，无人之时，诗人是怎么看到的？

用心灵的眼睛……

诗中的意境，非常幽静，可以看出这是一个真正内心洁净的诗人。作者韦应物最后一个官职是苏州刺史，卸任后，竟没有旅费回京，客死苏州。对比“十年清知府，十万雪花银”，这样的人品，韦苏州无愧一个“清”字。

可是，如果了解一下这首诗的作者，你会发现，诗人韦应物绝对是一个浪子回头金不换的典型。早年的韦应物，是一个纨绔子弟，京城恶少，20多岁时，“安史之乱”爆发，他堕入苦难的时代，感受了人间冷暖，一下醒悟了，折节读书，从一个花花公子转变成了一位有学问的官员、品格高尚的诗人，留下了诸多精美篇章。让我们通过韦应物自己的一首自传诗，来进入韦应物的生平经历吧。

韦应物《温泉行》：

出身天宝今年几，顽钝如锤命如纸。
作官不了却来归，还是杜陵一男子。
北风惨惨投温泉，忽忆先皇游幸年。
身骑厩马引天仗，直入华清列御前。
玉林瑶雪满寒山，上升玄阁游绛烟。
平明羽卫朝万国，车马合沓溢四鄽。
蒙恩每浴华池水，扈猎不蹂渭北田。

朝廷无事共欢燕，美人丝管从九天。
一朝铸鼎降龙驭，小臣髯绝不得去。
今来萧瑟万井空，唯见苍山起烟雾。
可怜蹭蹬失风波，仰天大叫无奈何。
弊裘羸马冻欲死，赖遇主人杯酒多。

韦应物说，我出生在天宝年间，个性是又顽固又愚钝，命运却像纸一样薄，去做官干不来，只好回家，仍然还是杜陵这里的一个男子汉。

凄惨的北风中，骑着一匹病弱的老马往华清池温泉方向走去，路上不由得忆起了先皇（唐明皇李隆基）出游华清池的那一年，那时我骑着御厩里的高头大马，担任着先皇的仪仗队的领骑，多么威风！在华清宫我径直进入离宫之中，因为我属于皇上身边的侍卫。大清早我和我的兄弟就整齐地列好队伍，因为皇上要在离宫接见万国来拜见的君王或使节，来自各国代表团的车马把离宫周围停得满满的，要找到一个车位那是相当难的。我们这些御前侍卫，毫无疑问都是皇上最宠信的青年，华清池的温泉，我们常常有机会去享受；皇上出猎，我们跟随扈从。当然，我们都训练有素，纪律严明。看，我们在骑马狩猎的驰骋中，从来没有踏到过百姓的田地。那时真的是太平盛世啊，朝廷君臣没有什么要事需要议论、处理之时就会一同欢宴，御宴之上，美人歌舞，弦乐、管乐一起奏响，那乐声之美妙绝伦，简直像是从九天传来的仙乐。

忽然先皇鼎成、骑龙飞升，我这个小臣也想要追随先皇而去，赶紧扯住龙须，无奈龙须扯断，把我留在了人间。往事不堪回首，今天我踽踽而行，又来到了这华清离宫。只见这里一片萧瑟，以前人口最稠密的地方，竟然到处都没有人影；远处苍茫的山野，升起了一片片云烟雾气。

可怜我今天蹭蹬失势，穷困潦倒，就像失了水的蛟龙，再也没有了江河湖泊的广阔水面、强劲风力。没了水，没了风，我这被困的蛟龙啊，只能仰天大叫，无可奈何。我身上披着破败的裘皮衣，跨着疲惫病弱的劣马，在瑟瑟的寒风中冻得要死，幸好遇到一位好心的主人留我饮酒。我对着主人，耷拉着脑袋，一杯一杯喝个不停。我只能以酒浇愁。

《温泉行》是韦应物在经历了“安史之乱”之后，流落失职之时所作。这时的韦应物，从皇帝御林军中退职（大概与皇位交接有关，肃宗即位，其实是抢班夺权，玄宗的御林军中青年们，在肃宗即位后渐渐离开，可以说是有必然性的），生活上处于穷困潦倒状态，由御林军青年军官，成了一个百无聊赖的失业军人，回想起当年在明皇身边担任御前侍卫，皇上出行时骑着骏马走在仪仗队最前面，皇上接见外宾，自己在殿中侍卫；皇上狩猎，自己在后扈从保驾；百姓的禁区华清温泉，自己经常在池中洗浴；皇上大宴群臣，丝管齐奏，仙乐灌耳，自己也陶醉其中。抚今追昔，对比眼下，自己失业无聊，衣食无着，又看见华清宫的周围一片萧瑟、人烟稀少，不禁百感交集。

行文至此，读者也大致了解韦应物早年的经历了，我们心目中的大诗人，早年其实是一位鲜衣怒马的御林军少年。

2007 年，西安郊区出土了韦氏家族墓志，其中韦应物墓志中，这样介绍韦应物早年生涯："门承台鼎，天资贞粹。丱角之年，已有不易之操。以荫补右千牛，改羽林仓曹"。大意是韦应物出身名门望族，16 岁就凭家族门荫任右千牛，后任羽林仓曹，前者是皇帝御林军中的侍卫，后者是御林军里的小官（后勤、财务），是八品下职位，职位虽低，却是皇帝身边的人。

如果在唐代有手机拍照，我们会发现不少人物，可能会被手机的摄像头抓拍到同框的镜头，李白、王维、杜甫、杨贵妃、安禄山，这些人大概都与韦应物同过框，因为小韦是皇帝身边侍卫，出行时在仪仗队最前列，值班时就在皇帝身边。

如果列一个表，来看看天宝盛世，可能会与韦应物同框的人物，这个名单大概会非常长，中土大臣、名将之类忽略不计，单单是各少数民族代表以及国际友人大概就有：

1. 泥涅师，萨珊王朝末代皇帝伊嗣俟之孙，卑路斯之子。授予左威卫将军，死于长安，其后裔世居长安。

2. 阿倍仲麻吕，日本人，中国名晁衡，居留唐朝 50 年，官安南都护、镇南节度使等。

3. 金思兰，新罗人，即新罗王金兴光之侍子，玄宗时官拜为太仆员外卿。

4. 高仙芝，高丽人，玄宗时官至武威太守、河西节度使。

5. 哥舒翰，突厥人，玄宗时授右武卫员外将军，充陇西节度副使、都知关西兵马使、河源军使。

6. 仆固怀恩，铁勒人，玄宗时官拜左领军大将军。

想象一下，唐明皇召见李白时，李白烂醉中当场写国书，明皇大喜，赐李白绯衣。高力士亲手为李白换靴。此时，韦应物与明皇、李白、外国使臣、高力士同框，因为他是明皇身边侍卫。

虢国夫人素颜见驾，以皇帝姨姐身份在宫里和明皇亲密交谈，言笑谐谑，回眸一笑百媚生之时，韦应物也在附近守候、站岗，因为他是明皇的侍卫，任何时候，都不能不在旁护卫。

杨玉环收安禄山为养子，宫女用丝绸包裹住安禄山，把安禄山包成襁褓里婴儿的模样，还用彩色的轿子抬着安禄山，宫里一片欢呼。此时，在宫门外站岗的人，可能还有韦应物。

还有那个约比韦应物大 25 岁的杜甫，当杜甫向明皇献上耗费了巨大心血写成的《大礼赋》之时，韦应物可能也在旁边，可以脑补一下当时的场景：一个是年过 40、未有功名，“朝扣富儿门，暮随肥马尘”，骑着毛驴的寒酸诗人；一个是十八九岁少年轻狂、风流倜傥的御前侍卫。这两人同框，当时不肯读书的韦少年又会以何种眼光藐视老大无成的杜布衣！

“安史之乱”后的韦应物，经历了战乱日子，目睹了太多的灾难、痛苦与流离，目前的史料无法告诉我们韦应物在乱中究竟是跟着明皇的那六军一起撤到了四川，还是留在了长安。总之，他有很长时间，处于迷惘之中。

后来，韦应物终于觉醒过来，他折断了手中的马鞭，宁心静气地读起了书。为了诗书，他常常饭都顾不得吃。他把满足自己身体的欲望的一切，降到最低，少食寡欲，常“焚香扫地而坐”。虽然有过一个潦倒的时期，但他毕竟是“城南韦杜，去天尺五”（唐代民谚）的韦氏，所以等到局势相对稳定之后，他又得到了任用。代宗广德至德宗贞元间，他先后为洛阳丞、京兆府功曹参军、鄂县令、比部员外郎、滁州和江州刺史、左司郎中、苏州刺史，于贞元七年（791）退职。

做地方官时的韦应物，与早年的韦应物完全判若两人。他在滁州刺史任上的诗“身多疾病思田里，邑有流亡愧俸钱”，意思说我这个郡里面还有乞讨的，我拿着这份工资都很惭愧。这体现了一位正直官员的良心。

韦应物的诗，受到历代人激赏，因为他的诗，有意境，有情怀，更重要的是——有良心。

钱起

省试湘灵鼓瑟

善鼓云和瑟，
常闻帝子灵。
冯夷空自舞，
楚客不堪听。
苦调凄金石，
清音入杳冥。
苍梧来怨慕，
白芷动芳馨。
流水传湘浦，
悲风过洞庭。
曲终人不见，
江上数峰青。

省试湘灵鼓瑟

钱起

善鼓云和瑟，
常闻帝子灵。
冯夷空自舞，
楚客不堪听。
苦调凄金石，
清音入杳冥。
苍梧来怨慕，
白芷动芳馨。
流水传湘浦，
悲风过洞庭。
曲终人不见，
江上数峰青。

尧舜禹的故事，有几个讲法。

首先，当然是孔子、孟子的讲法。孔子曾说："伟大啊，尧当君主，高高在上的老天，那是最伟大的，只有尧能够像天一样行事。人们对他的伟大简直难以言说啊，他有辉煌的成就，他有灿烂的文采！”孔子又说：“舜，只用了五个贤人就把天下治理好了！”孔子又说：“禹啊，我对他说不出任何批评的话来，自己吃得很差，却能够供奉鬼神；自己穿得很差，却把祭祀的服装办得很精美；自己住的房子很矮，却为天下大修水利。对于禹，我没有任何不满意！”

其次是李白的讲法。李白《远别离》：“君失臣兮龙为鱼，权归臣兮鼠变虎。或云：尧幽囚，舜野死。”就是说舜是尧的臣子，却在尧的晚年掌了大权，架空了尧，把尧囚禁至死；禹是舜的大臣，在舜的晚年夺了舜的权力，使得舜在逃难中死在了旷野中。李白的说法来自一本叫《竹书纪年》的古书。

最后，是民间的浪漫讲法。

说尧做君主时，很注意选拔贤才，尤其是到了尧的晚年，就想要找一位接班人。尧听说历山脚下有一位农夫，名叫舜。舜的父亲瞽叟是个很顽固、邪恶、不好相处的人；母亲早逝，父亲续娶，生了一个同父异母的弟弟名叫象；象是一个典型的恶少。这三个人串通一气，一直压迫舜，甚至必欲置之死地而后快，但舜仍然保持着孝悌（对父母尊敬、顺从叫孝，对弟弟友爱叫悌）。据说当父亲瞽叟和继母、象对舜的迫害达到危及其生命程度时，舜就躲开了。而当父亲因为眼睛是瞎的，需要照顾时，舜又会出现在身边，表现出崇高的品德和非凡的智慧。

尧有两个女儿——娥皇和女英，都一样美丽。尧就把两个女儿一起嫁给了舜，两人带去了大批宝贝和衣物，还有大群牛羊牲畜。尧又下令为舜建起了谷仓。

舜结婚不久，父亲瞽叟、继母、象就展开了一系列阴谋，企图杀死舜，以使象占有舜的两个妻子和她们陪嫁的财物。

第一次是父亲瞽叟和继母派舜上到谷仓的房顶上去修房子，然后象却在谷仓放火，要把舜烧死在房顶上。舜看到起火了，就用斗笠当翅膀，从房顶轻飘飘地跳下来，一点都没有受伤。

第二次父亲瞽叟和继母又让舜下到井里去将井加深。等舜下去后，继母和象却从上面用土把井填上，要把舜活埋在井里。可是舜却很巧妙地从井底挖了一条通道，逃了出来。这时，得意忘形的象已经大摇大摆地到了舜的房里，并取来舜的琴弹奏，以为就要把舜的全部财富拥有了：两个嫂子，大批财物、大群牛羊、满仓的谷物。这时舜却心平气和地又出现在象的面前。象讪讪地说："我正在想你呢！"

经过了这些事情的考验，尧也更加确认了舜的贤明。就正式退位，将君主之位禅让给了舜。舜一心为天下，做出很多有益于天下百姓的事。后来，舜感觉中原已经治理好了，就想到南方巡视一番，造福于南方的人民，不料在湘水边的苍梧山染了病。两个妃子闻讯，十分担心舜的安危，于是一路南下，到了湘水上，却意外得到舜已经病逝的消息。因为悲伤，两个妃子竟然把湘水边的竹子全都洒满了泪水。直至今天，这种有斑点的竹子仍被称为“湘妃竹”。

娥皇、女英悲伤之下，洒干了泪水，就一起投身湘水，死后成了湘水中的两位仙子。因为湘水连着洞庭湖，而苍梧山又在湘江边上，所以她们美丽的身影就不时出现在湘江、洞庭和苍梧山（也称“九嶷山”），成了一个永恒的传说。

屈原《九歌》中有《湘君》《湘夫人》，据说湘君就是舜死后成仙在仙界的称号，而湘夫人就是娥皇、女英两个妃子。三人之间的缠绵，永无尽头。

钱起的这首诗，写的就是娥皇、女英鼓瑟的场景。

为什么要写这个？钱才子回答：你别问我，问考官去。原来这首诗就是钱起参加尚书省考试时的试卷。

唐代的科举考试，一般情况下是一年举行一次，参加的人有两类，一类是中央和地方的国子监通过选拔保送来的学生，另一类是非国子监体系的文士，要通过县、州的初试。两类人最后集中到尚书省，参加各科考试。考试原由吏部考功员外郎主持，唐玄宗开元二十四年（736）后改由礼部侍郎负责。吏部和礼部都属尚书省，所以称为省试。

省试中的进士科考试，唐初只试策文，后来逐渐变成考诗赋。为通过省试而作的应试诗，就称为省试诗。省试诗有特定的格式，要求为五言律诗，六韵十二句，并限定诗题和用韵。

这首诗正是典型的省试诗格式，为五言排律（律诗，超过八句为排律），六韵十二句，诗题为“湘灵鼓瑟”，押青韵。

诗题“湘灵鼓瑟”，是从《楚辞·远游》“使湘灵鼓瑟兮，令海若舞冯夷”句中摘出来的。

诗第一联为点题，说常常听到湘水之上的湘灵，据说她们非常善于鼓瑟。

云和瑟是用云和山的木头制作的瑟。如同现在高考作文一样，试帖诗，第一条首先要保证不跑题，这是保证基本分，有了这句点题，基本分就到手了。

第二联说到冯夷和楚客，首先是试题来源《远游》中有冯夷，冯夷就是河伯，是黄河水神。而楚客指屈原，是《远游》的作者。本来《远游》中说让湘灵鼓起瑟，再命令海若和冯夷跳起舞。这里钱起说，冯夷虽然按照湘灵鼓瑟的乐声蹁跹起舞，可是那伤感的楚客，听着这音乐却愈加悲苦。

第三联说这悲苦的音调凄清，会让金石也伤心，凄清的乐音直传到湛蓝的天空。

第四联说从苍梧山传来的怨慕的乐声，白色芷草摇动着，在乐声中飘荡着芳香。

第五联说流水将那音乐传到湘浦边，带着悲凉的风，音乐飘过整个洞庭湖。

尾联说，当一曲鼓完，所有欣赏着音乐的人都沉浸在音乐中，猛然间抬眼望去，却看见江面空空如也，只有几座远远的山峰，山峰青青……

湘灵，她们生前是帝的女儿，是帝的妻子，是那位情商最高的舜的两位最珍爱的女人，死后是用灵魂演奏的乐手，她们用云和瑟所演奏的音乐，令人伤感，使整个湘水、洞庭湖、苍梧山都感染了哀伤，那仅仅是思念她们的夫君——湘君舜吗？

不，那是无以名状的永远的哀伤，比哀伤还要哀伤，比永远还要远。

这首诗，很多人分析过，分析的结果就是说前面十句都平常，末尾两句却是绝唱。不过，如果没有前面的铺叙，不断重复讲，湘灵鼓瑟，那音乐声多么凄清，那音乐声传遍了潇湘、洞庭、苍梧，最后两句也不会有如此好的警句效果。

诗人钱起，先用那乐声充溢了整个画面，用乐声占满了我们的思想；然后忽然一个变换，让乐声停下，一下子万籁俱寂。这时，我们眼前什么都没有。湘灵在哪里？音乐又在哪里？这究竟是梦耶真耶？

永恒的传说，七千年的浪漫，都凝成了两句“曲终人不见，江上数峰青”。

《旧唐书》说钱起乡试之后，准备赴京参加考试，住在客栈里，一天月夜之时，钱起闲庭踱步，吟咏诗句，听到院外有人朗诵了两句诗：“曲终人不见，江上数峰青。”钱起追到院子外去找，没看到任何人。等到了京城参加省试时，钱选见试题正是押的“青”韵，就一气呵成，写成了此诗，把听来的那两句放在了诗尾。看来史官也相信鬼斧神工的说法。

钱起考中之后，大约过了百年，即唐宣宗大中十二年（858），举行进士考试，唐宣宗问考官李藩：试帖诗当中要是有重复的字，那是否还能录取？李藩回答说，当年钱起《省试湘灵鼓瑟》就有重复的字，所以说是可以的哟！看来，钱起的诗，已经成了试帖诗的典范。

诗词链接

《唐人选唐诗（十种）》

中国唐诗选集。中华书局上海编辑所编辑，1958 年出版。此书收入现存的 10 种唐人编选的唐诗选本：①佚名唐写本《唐人选唐诗》，为敦煌石室发现的唐人写本残卷。②元结《箧中集》，用《随庵丛书》影刻宋代尹家书籍铺刊本。③殷璠《河岳英灵集》，用《四部丛刊》影印明刻本。④芮挺章《国秀集》，用《四部丛刊》影印明初刻本。⑤令狐楚《御览诗》，用汲古阁本。⑥高仲武《中兴间气集》，用《四部丛刊》影印秀水沈氏藏明翻宋刻本。⑦姚合《极玄集》，用元代至元刊本。⑧韦庄《又玄集》，用古典文学出版社影印日本江户昌平坂学问所官版本。⑨韦縠《才调集》，用《四部丛刊》影印述古堂钞本。⑩佚名《搜玉小集》，用汲古阁本。

通过此书，可以了解唐人对唐诗的喜好与看法。如《河岳英灵集》选录开元、天宝时诗 234 首（今本实数为 228 首），选取标准兼顾“声律”“风骨”，反映了盛唐诗歌的基本面貌。《国秀集》选录开元前后诗 218 首，编选者标榜“雅正”，内容多为奉和应制、侍宴之作；艺术上强调“风流婉丽”的形式美和“可被管弦”的音乐性。《中兴间气集》选录肃宗、代宗中兴时期诗 130 多首，以“体状风雅，理致清新”为标准。

李益

夜上受降城闻笛

回乐烽前沙似雪，

受降城外月如霜。

不知何处吹芦管，

一夜征人尽望乡。

夜上受降城闻笛

李益

回乐烽前沙似雪，
受降城外月如霜。
不知何处吹芦管，
一夜征人尽望乡。

“回乐烽”是原回乐县境内的烽火台，回乐在唐代属灵州（今宁夏灵武），为朔方节度治所，在今宁夏灵武西南。

647年，唐太宗曾在灵州铁勒各部被尊崇为“天可汗”，因此唐朝的灵州又有“受降城”之称。

“芦管”是起源于古代波斯的乐器，乐音非常哀惋，在唐代特别流行。白居易《听芦管》说：“幽咽新芦管，凄凉古竹枝……何言胡越异，闻此一同悲。”

诗大意说：

回乐县烽火台前，沙漠在月光照耀下，像一望无际的雪，受降城外的月色啊，像霜一样透着寒意。

此时此刻，此情此景，让人内心充满了哀惋。谁知偏偏就在这样的时刻，不知何处又有人吹起了芦管。在那幽咽凄凉的乐音中，一夜之间，戍守的将士们被乐声感染，纷纷怀念起遥远的故乡。

此诗作者李益，是中唐著名边塞诗人，他的私生活，在当时也曾成为当时人议论的一个热点。

唐代读书人除了热衷写诗赋之外，也热衷写小说（又称传奇），这既与唐代科举考试的形式有关，也与唐代都市文化中热衷于聊八卦的需要有关。唐代有不少关于名人的传奇，其实都与这些名人的八卦有关。

比如,初唐欧阳询,身形矮小,面貌丑陋,外形很像猿猴,所以当时就出现了一部小说，名为《补江总白猿传》。说南北朝时，南朝梁的大将欧阳纥（欧阳询的父亲）领军南征，在长乐（今福建福州长乐区）一带行军时，欧阳纥的妻子被山中白猿掠走。欧阳纥几经周折，经过一个多月的寻找，终于在深山老林里发现一个大石窟，欧阳纥的妻子和一群妇女一起被白猿掠来，安置在此处。欧阳纥在妇女们的协助下，将白猿杀死。原来，这是一只千年老猿，在深山中修道，很有本领。欧阳纥妻子此时已经怀孕一月，老猿临死前求欧阳纥不要杀死即将出生的孩子，说这个孩子未来“将逢圣帝，必大其宗”（将来遇到圣明的帝王，一定会让欧阳家兴旺）。欧阳纥救出妻子和其他妇人。其妻后来就生下了欧阳询，“果文学善书，知名于时”。

从这部小说看，之所以编出这样的故事，并不一定如学者认为的，是为了诽谤欧阳询而专门创作的小说，估计不过是某个士子为了增加谈资，根据名人欧阳询外貌特征，再结合一些似是而非的历史记载编写的。比如欧阳询的父亲欧阳纥确实在岭南当过官，参与过平息地方动乱的军事行动，但欧阳纥其实是南朝陈代人，而小说中却说他是梁代人。总的来说，编出这样的故事，主要是因为民众对欧阳询的关注度本来就很高，这个故事自然就能得到广泛的流传。我们今天一般只知道欧阳询是著名书法家，其实在当时欧阳询不仅以书法著称，也是著名文学家。其诗文流行很广，更重要的是欧阳询主持编撰了《艺文类聚》。该书成书之后，成为唐代诗人们写诗作赋的重要参考书，在社会上有广泛的影响。再加上其丑陋的外表被人广泛议论，因为欧阳询在当时是一个家喻户晓的人物，因此才会被传奇小说关注。

中唐的李益，在当时也是一个名气很大的人物。他 24 岁中进士，又多年出入边塞要地、各地方节度使幕府，晚年又到朝中任职,最终以礼部尚书致仕。李益一生所作之诗，在当时就已经广泛流传。

蒋防所著唐传奇小说《霍小玉传》故事是这样的：李益出身名门，20 出头就中了进士，在长安等待选拔期间，“每自矜风调，思得佳偶”。他很渴望找到一位绝色的美女当女朋友，这时就有一个鲍十一娘为李益牵线，将李益介绍给了刚刚出道不久的名伎、年方 17 岁的霍小玉。霍小玉是霍王的女儿，但她母亲只是霍王身边的一个丫鬟，所以在霍王去世后，王府打发了她们一笔钱之后，把她们母女给赶了出来，另外居住。李益到霍小玉家做客，发现霍小玉不仅容貌出众、国色天香，而且很有修养，吟诗读书，又擅长音乐。李生重色，小玉爱才，两人郎才女貌，情投意合，如胶似漆。

两人相识的第二年，李益在“书判拔萃”（唐代科举门类很多，进士是门槛，进士过关之后，还要参加类似于公务员考试的各种选拔,这个“书判拔萃”就是其中选拔之一，直接考作为地方官如何判各种案子）考中登科（录取），被任命为郑县（今陕西省渭南市华州区）主簿。两人离别的前夜，霍小玉流泪对李益说：“小玉知道自己出身低微，配不上公子。现在只有一个不情之请，我今年 18 岁，公子今年 22 岁，离公子 30 岁，还有 8 年；这 8 年中，公子和我好好相守，不要丢下我，不要抛弃我；等 8 年后，公子找门当户对的结婚对象结婚，我自愿遁入空门，剪去满头青丝，披上黑色僧袍，去做一个孤灯黄卷下的尼姑。我的愿望，只有这么多。”李益听了霍小玉的话，大为感动，立刻就赌咒发誓，说自己决不抛弃霍小玉。

李益赴任不久，就到洛阳去看望母亲。母亲告诉他，已经为他订下了与表妹卢氏女的婚约。李益本想向母亲秉报自己恋上霍小玉的事，想请母亲不要为他订亲。但在强势的母亲面前，习惯了服从的李益连一句话都没敢说，就唯唯诺诺地接受了母亲的安排。卢氏是唐代门阀中最高门第之一，需要很高的聘礼，李家一时拿不出这笔钱，于是到处借钱，筹备礼金。李益负了霍小玉，心里惭愧，不愿回去见小玉，还嘱咐认识的人，不要告诉小玉实情。

李益一走两年也没见回来。霍小玉相思成疾，到处托人给李益捎信，到处打听李益的情况，甚至到处找算命先生、巫师巫婆，想通过他们找回李益，为此几乎耗尽了家产。

因为卢氏女也住在长安，李益筹到了聘礼的金钱，就到长安将卢氏女娶到了郑县。这年腊月又到长安卢氏家走亲戚，李益怕霍小玉知道，就尽量不跟人联络，只有一些比较近的亲友知道李益在长安。李益有个表弟，当年曾跟着李益到霍小玉家做客，霍小玉对他很好。他实在不忍看霍小玉失魂落魄的样子，就告诉了李益娶卢氏和现在就在长安的事。霍小玉痴心不改，不停地请所有认识李益的人去请李益来。李益出于羞惭，怎么请都不来。几天后，长安的士子们渐渐都知道了霍小玉的故事，都为小玉惋惜。

李益的一位好友甚至当面说李益“实是忍人”（实在是狠心人）。朋友责怪李益时，旁边有位过路的黄衫客听见了，知道眼前的书生就是因负了霍小玉近期在京城里大名鼎鼎的李益，就强力胁迫李益去见霍小玉。霍小玉见到李益，痛哭饮泣，说：“我为女子，薄命如斯；君是丈夫，负心若此。”“乃引左手握生臂，掷杯于地，长恸号哭数声而绝。”

此后李益多次看到有年轻男子向妻子卢氏调情，转眼再找就消失不见，妒性大发，对妻子实施家暴，导致离异，此后再三婚娶都反复出现类似的情况。

如果说欧阳询是因为外貌太有特点了，才会被人编派，那么李益负心郎的故事，大概是因为其善妒的名声和其多次休妻的经历。名人的一些怪僻之处，往往会成为人们闲暇之时的谈资。究竟李益有没有负过一名叫霍小玉的女子，今天已经无从考证，但李益私生活中的一些表现，可能在当时就很引人注目吧。

鲁迅评《霍小玉传》说：“李肇（《国史补》）中云‘散骑常侍李益少有疑病’，而传谓小玉死后，李益乃大猜忌，则或出于附会，以成异闻者也。”（《稗边小缀》）汪辟疆也说：“（李益）夫妇之间无聊生者，或为当日流传之事实。小说多喜附会，复举薄倖之事以实之。”

这些都说明，李益私生活中的“疑病”，大概是中唐人喜欢“八卦”的事，所以晚生李益42年的蒋防，在李益晚年，就把民间传闻的故事，加以附会、演绎，写成了一篇名为《霍小玉传》、实为“名人李益八卦”的传奇。

在《霍小玉传》中，霍小玉在结识李益之前，就喜欢吟诵李益的两句诗：开门复动竹，疑是故人来。

逝去的不仅是霍小玉，还有那一段传奇，还有那诗意的芦管。

今天的我们，坐在书桌前读着《霍小玉传》，读着《夜上受降城闻笛》，恍惚之间，又似乎听到了那受降城的芦管在吹奏，看到了柔弱书生李益骑着白马巡行在边塞，看到了霍小玉的悲惋、黄衫客的愤慨，看到了“玉乃低鬟微笑”……

“开门复动竹，疑是故人来”，是那故人来了吗？

诗词链接

《唐才子传》

《唐才子传》是元代辛文房编撰的评传汇编集，共10卷，记载唐与五代诗人简要的评传。辛文房，字良史，元代文学家，西域人，曾官省郎。此书按诗人登第先后为序，保存了唐代诗人大量的生平资料，对其科举经历的记叙更为详备，又有对诗人艺术得失的品评，多存唐人旧说，其中颇有精辟之见。

《唐才子传》书名以“才子”，实乃以是否擅长作诗为取舍标准，至于其人之德行、功业、身世等等一概不论。如叛臣贼子苏涣、性险躁谲怪而好利的吕温、乐妓如薛涛、女道士鱼玄机，以及其他僧道中人和布衣之士，只要以诗才见长，都有专门小传。此书记述诗人略于仕履行迹而详于遗闻逸事，而这一切又都围绕诗歌展开。授诗、学诗、作诗、赏诗、评诗、献诗，多录名篇警句以为例证，所以辛氏展示给读者的，并不是一篇篇枯燥的生平履历，而是一个个禀性各异、面容鲜活的才子形象。

刘禹锡　竹枝词（其二）

杨柳青青江水平，

闻郎江上唱歌声。

东边日出西边雨，

道是无晴还有晴。

竹枝词（其二）

刘禹锡

杨柳青青江水平，
闻郎江上唱歌声。
东边日出西边雨，
道是无晴还有晴。

刘禹锡少年得志，21 岁就中了进士，当年又中博学鸿词科，两年后又登吏部取士科，被任命为太子校书。这个职位非常好，是太子身边的职位。太子身边还有两位侍读，就是王叔文和王伾。后来太子即位，即唐顺宗，王叔文拉着韦执谊、刘禹锡、柳宗元等，开展了一场改革，因此年为永贞元年，故史称“永贞革新”。改革只进行了 146 天，就因为触犯了宦官和地方藩镇的势力而失败，顺宗退位，宪宗即位，王叔文被赐死。刘禹锡、柳宗元都因为深度参与了这一“短命”的改革，而遭遇贬官。刘禹锡先是被贬为连州刺史，未到任，途中被加贬为朗州司马。柳宗元被贬为邵州刺史，半道中，也被加贬为永州司马。当时一起被贬的共有 8 个人，加上王叔文和王伾，人称“二王八司马”。

王叔文集团的改革失败，有其必然性，因为他们所倚靠的顺宗皇帝，在即位前就中风，已经不能说话，后来退位，当了太上皇之后很快就去世了。顺宗的短命，使他们再有能耐也不可能把改革成功完成。但是，对于刘禹锡和柳宗元来说，他们后来遭遇那么长时间的压制、迫害，也跟他们少年得志、过分张扬有一定关系，尤其是在用人上面，只要是他们不喜欢的人，就要排斥压制，这样就把一些正人君子——本来应该是改革支持力量的人都推到了对立面上。武元衡本来是御史中丞，就因为柳宗元讨厌他，无缘无故就被降为右庶子。当时的侍御史窦群上书奏刘禹锡“挟邪乱政”，说他不适合在中央重要位置任职，第二天窦群就被罢官。还有一位出身贵族名门的韩皋，凭借自己的门第不愿依附王叔文，也被赶出朝廷，出为湖南观察使。

旧唐书说刘禹锡“任喜怒凌人，京师人士不敢指名，道路以目，时号‘二王、刘、柳’”。

所以尽管王叔文、刘禹锡、柳宗元他们锐意革新，革除了德宗晚期很多的弊端，也受到了百姓的欢迎，一时间人们对他们也寄予了很大的希望；但是他们搞小集团、小圈子的做法，也造成了众人对他们的失望。所以在王叔文夺取宦官兵权失败，直到顺宗退位，“二王八司马”遭到清算之时，他们都没有得到朝野的同情。朝臣们大多持观望态度，甚至将他们看作“乱政”的罪人，民间也没有多少同情者。这与王叔文、刘禹锡、柳宗元等人的局限性也有一定关系。

前面说了刘禹锡开始被贬的官职是连州刺史，赴任半路上，又被贬成朗州司马。朗州在今湖南常德，属于湘西区域，也是现代作家沈从文的家乡。沈从文的写作，最大资源就是其家乡。他以描写湘西人的朴素、原始的生活方式而享誉世界。湘西区域，在沈从文时代尚保留了很多较原始的风俗，在唐代更是十分蛮荒的地方。当地人大多属于少数民族（今天以苗族、土家族居多），风俗习惯和中原不同，当地人尤其喜欢唱歌跳舞。刘禹锡到了这里就开展了采风活动，学习当地民歌，不仅创作了很多脍炙人口的作品，而且在乡民间广泛流传。

在朗州 10 年之后，刘禹锡被召回京。但是桀骜不驯的刘禹锡在京城写了一首诗，题为《元和十年自朗州至京，戏赠看花诸君子》。诗里以老资格自居，用“玄都观里桃千树，尽是刘郎去后栽”摆谱，讽刺当时掌权者，说他们不过是在自己遭贬后才得势的一伙小人。这当然得罪了朝中权贵们，于是他们再次把他赶出了长安。他被放为连州刺史，3 年后改为夔州刺史。

夔州在今重庆奉节一带，自古是巴人的区域，也是保留着很多古老民歌的地方。刘禹锡继续在这里搜集民歌，并模仿民歌，创作诗歌，其中最著名的就是这首《竹枝词》。

诗一开头就很有画面感，杨柳青青，色彩感非常好。江水平，长江的水，并不是一直是平的，很多时候甚至有惊涛骇浪。但此时此刻，这里的江水是平静的，平平的江面，当然视线很好。这时，虽然没有看到人，但已经听到了小伙子远远的唱歌声。夔州，在三峡区域内，这里江水变化很大，转弯很多，大概小伙子很快就会从江水转弯处过来。三峡之内，天气多变，而且十里不同天，甚至江中，转过一个弯，就是另外一种天气。所以这里的“东边日出西边雨”，可以把它理解为实写，非常传神地写出了当地的自然天气情况；“道是无晴还有晴”，同样也是实写，一边是晴天，一边在下雨，你说是有晴天，还是没有晴天呢？“晴”与“情”同音，这里又用了谐音手法，这句同时也是“道是无情还有情”的意思。

杨柳青青，江水平平静静，郎远远地唱着歌，从江面上划着船过来，你说他是有情呢，还是无情呢？

沈从文《边城》中的翠翠，船总顺顺的大儿子天保走车路（请媒人）来求婚，她不表态；二儿子傩送走水路（唱山歌）来表白，她也没回应。那么，翠翠果真就没有心动吗？翠翠的心里果真没有爱情吗？其实翠翠的心，就像山里天气一样，“道是无晴还有晴”。傩送远走他乡，不见翠翠。傩送对翠翠已经没有爱情了吗？还是那一句“道是无晴还有晴”。

有时候，写情，引而不发要比淋漓尽致更耐人寻味。刘禹锡、沈从文都得到了此中三昧。

才华与运气，让刘禹锡禁受了挫折，挫折和不幸，又给了刘禹锡接近民间、接近生活的机会。桀骜不驯的他，却能够放下官员的架子向民歌学习；性格张扬的他，却能在诗里表现出含蓄蕴藉。诗的世界，总能给人安慰；诗的世界，总能带给人惊喜。就像这首诗中，西边正在下雨，东边太阳却出来了。

诗词链接

《唐诗纪事》

《唐诗纪事》是唐代诗人及作品评论汇编。南宋计有功撰。81卷，共收录唐代诗人1150家。

唐代作家作品到宋代有不少已湮没失传。计氏为保存唐代诗歌文献而编纂此书。他搜采极广，凡唐代“三百年间文集、杂说、传记、遗史、碑志、石刻，下至一联一句，传诵口耳，悉搜采缮录。间捧宦牒，周游四方，名山胜地，残篇遗墨，未尝弃去”(《唐诗纪事》序)。唐代诗人，只要有姓名者，均予辑录。他不仅广泛采取唐代诗人作品，还兼采诗评，并对诗人进行考证，记述诗人门第世系及生平经历。

此书内容丰富，保存了大量唐代诗歌，为后世编纂汇辑唐诗提供了宝贵资料，对校勘唐诗也有重要价值，同时书中大量有关唐代诗人的材料，对研究唐代诗人的生平及其作品也极有参考价值。但此书也有不少问题，主要表现在：它所收录的作品，大多为应制诗、试帖诗以及投献应酬、流连光景之作，内容空泛，无多大价值。另外，书中也有疏于考证、误收作家作品等情况。有《四库全书》本。

白居易

花非花

花非花，雾非雾。

夜半来，天明去。

来如春梦几多时？

去似朝云无觅处。

花非花

白居易

花非花，雾非雾。
夜半来，天明去。
来如春梦几多时？
去似朝云无觅处。

《花非花》是白居易的一首诗。

白居易早年积极进取，关心政治。唐贞元十六年（800），29岁的白居易一举考中进士。

元和初年，白居易又通过了“才识兼茂明于体用科”的官员选拔考试。刚刚即位不久，一心励精图治的唐宪宗对于白居易的才华及政治热情非常欣赏，亲自提拔白居易当了左拾遗。这个职位只是八品小官，但却是在皇帝身边，专职给皇帝进言的角色。初唐陈子昂、盛唐时杜甫都曾担任过此职。白居易对于皇帝的信任非常感激，下定了直言敢谏的决心，并且自觉地以诗文谏书，要通过自己的诗歌创作来揭露政治弊病，为国家治理服务，因此他写出了《新乐府》50首。在这些诗中，从宫市弊端到社会风气中的浮华，都成为白居易批评的对象。正是因为这些诗作，白居易得罪了很多当朝权贵。

白居易在任左拾遗时，对宪宗皇帝提了很多意见，都被采纳，唯有一次为任命神策中尉吐突承璀为招讨使的事，白居易反复上书，皇帝也不肯听从。白居易提意见时，话说得非常尖锐，把皇帝气得够呛。皇帝在私下对宰相李绛说："白居易这小子，我当年亲自选拔他在我身边任职，他可是我一手提拔起来的呀，竟然对我无礼，我真是很气愤啊！"幸好李绛是一位正直宰相，劝解皇帝说："白居易就是因为感恩陛下亲自提拔，所以不惜肝脑涂地，要报效陛下，陛下不宜阻拦他继续进言。"皇帝说："你说得很对！"

宪宗皇帝对白居易是格外照顾的。白居易左拾遗任满，调整职务时，皇帝亲自过问，说白居易职位低、工资少，但是因为资历的原因，不能越级提拔，可以让他自己选一个相同级别的官职去干。白居易就选了待遇好的京兆府户曹参军（首都财政局秘书）。第二年白居易母亲去世，按照规矩，白居易在家守孝三年，之后被任命为太子左赞善大夫。第二年，即元和十年（815），发生了一件影响深远的事件，就是宰相武元衡被刺事件。武元衡是很正直也很有能力的大臣，也做过地方大员，入朝为相后，极力推动朝廷扫除藩镇割据，被藩镇视为眼中钉，派出刺客刺杀。武元衡在上朝路上被刺身亡，另一位宰相裴度被刺伤。

白居易听到此事，立即上书，要求追查凶手，查出凶手背后的主使者。朝中权贵本来就讨厌白居易，原来做谏官时，一是皇帝在护着他，二是进言确实是他的职责，这些人恨他也拿不到他的把柄。这次上书，白居易是出于义愤填膺，但却被这群政客抓住了把柄，说白居易不是言官（左右拾遗、左右补阙是言官，也称“谏官”，专门负责提意见），不该首先上书，换句现在时髦的话语，就是即使所言正确，但程序错误，也是违规。皇帝要将白居易贬出朝廷，本来是要贬为州刺史的，但有人又落井下石，说白居易母亲是因看花而落井死的,白居易还写《赏花》及《新井》诗（其实白居易写二诗在前,其母亲落井而死在之后），这就是品德有问题了。于是,白居易直接被贬为江州司马。

从这个故事可以看出来，古代朝廷里的官僚们，势力还是很大的。皇帝一直保护白居易，但到这个时候，官僚们抓住了白居易的把柄，尤其是从道德上攻击他时，皇帝也保护不了他。

白居易在江州司马任上，作了著名的《琵琶行》诗。

这次贬官，对白居易打击实在是太大了，此后的白居易再也不是那位直言敢谏、“惟歌生民病，愿得天子知”

的进取之士了。渐渐地白居易学会了明哲保身，学会了在家念佛，学会了闲适，学会了饮酒，学会了享受美色。

江州司马之后，白居易先后当过忠州刺史、杭州刺史、苏州刺史。后来,很崇拜仰慕白居易文采的文宗皇帝即位，白居易回到长安，先后任秘书监和刑部侍郎，后又以身体不好为由申请改官太子宾客分司洛阳。

白居易回到长安时已经 55 岁。晚年的白居易，主要生活在东都洛阳。这时的白居易，虽说笃信佛教，拿出大笔钱财来捐献给佛寺，但也丝毫没有放弃对美色的欣赏。《咏兴五首・小庭亦有月》:“菱角执笙簧，谷儿抹琵琶。红绡信手舞，紫绡随意歌。”四句诗就点出了四个家伎的名字，而按照当时朝廷的规定，以白居易刑部侍郎（相当于今天的公安部常务副部长）的级别，家里只能养三个歌伎，他显然已经超标。其实，读一下《白氏长庆集》(白居易的诗集）就知道，这四个美女，还根本不是白居易最宠爱的女人。白居易最宠爱的两个女人：一位叫樊素，一位叫小蛮。唐孟棨《本事诗・事感》说：“白尚书姬人樊素善歌，妓人小蛮善舞，尝为诗曰：樱桃樊素口，杨柳小蛮腰。”

一边念佛，一边喝酒，一边欣赏美女的白居易，可还认得当年一心要“致君尧舜”的自己？

白居易写诗强调通俗易懂，这首《花非花》却有些朦胧，因为白居易在遭遇贬谪之后，颇有好色之实，所以人们一贯对他这首诗的解读，也是从情色角度来理解的。

有人说：这是一首写与一位官伎幽会的诗，诗中的女子，似花又非花、似雾非雾地来了，来了，如此美好，像一场春梦，很快又离去了，像早晨的云一样消失了。好色的白居易，把一场幽会写得朦胧、优美。

即使不知道诗中的“朝云”是一个典故，这首诗读起来依然很美。

其实，在我的理解中，这首诗的花非花、雾非雾，根本不是指女子，而是指岁月，指时光。时光似花一样，易逝，像雾一样不可捉摸。它来，给你带来一场春梦；它去，又像早晨的云彩，无影无踪。

《花非花》并非一首情色之作，而是一种对岁月流逝的思考，朦胧优美的意象，包含着对人生的反思。

诗词链接

行卷

行卷又称“纳卷”“投卷”。

关于行卷的定义，学者较多采用程千帆在《唐代进士行卷与文学》中的描述：“所谓行卷，就是应试的举子将自己的文学创作加以编辑，写成卷轴。在考试以前送呈当时在社会上、政治上和文坛上有地位的人，请求他们向主司即主持考试的礼部侍郎推荐，从而增加自己及第的希望的一种手段。”

唐代科举试卷，不采取糊名录取，所以考生在上层人士中的名声大小，对于考试中录取很有帮助，考生往往在考前向有影响力的人力呈上行卷，这有助于录取。

行卷的内容主要是诗赋，但由于竞争激烈，考生为了吸引有地位的人读他呈上的行卷，有时还会加上传奇小说之类，这也造就了唐传奇的繁荣。

柳永

雨霖铃

寒蝉凄切，

对长亭晚，

骤雨初歇。

都门帐饮无绪，

留恋处，

兰舟催发。

执手相看泪眼，

竟无语凝噎。

雨霖铃

柳永

寒蝉凄切，对长亭晚，骤雨初歇。
都门帐饮无绪，留恋处，兰舟催发。
执手相看泪眼，竟无语凝噎。
念去去，千里烟波，暮霭沉沉楚天阔。

多情自古伤离别，更那堪，冷落清秋节！
今宵酒醒何处？杨柳岸，晓风残月。
此去经年，应是良辰好景虚设。
便纵有千种风情，更与何人说？

高铁时代的我们，很难想象古人送别的感受，先大致说一下古人送别的流程吧。比如说，你在汴京赶考，参加了进士考试，等到考试结果出来，榜上没有你的名字，你名落孙山了。你十分不爽，说:“我这么有才，竟然会落榜！”加上进京赶考带来的盘缠也快用完了，就说:“世界这么大，我要去看看。”其实，你是想到其他城市找一找认识或者不认识的当官朋友。一方面让对方接待一下你，免费吃喝一下，补一补为复习而透支了的身体；另一方面也让地方上的朋友们有机会赞助一下你，免得将来你中了榜，朋友们没出上力，见了面觉得不好意思。你在京城所结交的那群朋友听说了，就在一起说："我们的朋友这次考场不利，心里肯定难过，又要离开京城这繁华之地，到外地去，我们要是不好好跟他聚聚就是不够意思。走，给他送行去，大家一定都去。同去同去！"

然后就在十里一长亭、五里一短亭的郊外，一群人拉住这位就要告别帝都的哥们，一起搭起帐篷住了下来，喝酒！

当然也不是单纯喝酒，朋友们带来了自己喜欢的倡女舞伎（倡，是指唱歌唱得好的；伎，是指舞蹈甚至杂技表演得好的）。如果你足够有人气，你在京城的朋友，至少会有一两百，加上这些朋友带来的朋友，还有朋友及朋友的朋友带来的倡女舞伎，于是歌舞诗赋，酒酣耳热，行令猜拳，大呼小叫，无所不为。那场面，那阵势，今天的我们可以"脑补"一下。

是啊，怎样才能安慰这位就要离开京城的朋友的破碎的心呢？既然朋友来了这么多。那么只喝一顿酒，或者只喝一天酒就走，那是绝对不可能的。不说这数百朋友都一一买单做东吧，挑出十分之一代表做东，至少也得喝上10天酒。

柳永词中的“长亭”，就是送别的十里长亭。“帐饮”中的“帐”，就是上文说到的那种送别的帐篷。

柳永词里，一开头出现的是这送别的尾声。经过10多天的送别，昨天柳永就告诉朋友们，自己真的得走了，向朋友们正式宣布送别结束。

此时正是夏末初秋，最后的蝉声还在鸣着，声音听起来如此凄清，下了很久的暴雨刚刚停了下来，视野中的树叶洗刷得很干净,而道路上充满了泥泞。城门外的帐篷中，因为下雨，朋友们来得少些。那运河上的兰舟，准备起锚离开了。那船上的舟子，已经在催促柳永离开。

可眼前的人儿，却怎么也放不下她的手啊，朋友们都知趣地站在一边。柳永的眼睛里含满泪水，抬眼看去，只看到那娇媚的虫娘（柳永在东京的相好）已是泪流满面。柳永想要说话，却因伤心而说不出来，话语在嗓子里噎住了，所有的情话都只能留在肚子里。

恋人还在哭泣，柳永的心里，却已经想到了离开后的景象，那一路上千里烟波，那暮霭沉沉的南方的天空，又是多么辽阔无边,和恋人之间的距离,将会一天天变得遥远。

多情的人啊，自古最伤心的就是离别，又何况是在这冷落的清秋时节，酒醉中的我，会在船上沉沉睡去吗？酒醒时的我又将会在何处醒来？想来会是在另一个长满杨柳的岸边，那里有清晨的风，还有未褪尽的月色，那残月将会照在我的船上，照着我孤独的身影。

我不知道这一去，要多久才能回来。我在异乡，你在京城，对于你我来说，在没有对方的日子里，不管有多少歌舞酒宴、多少美景，对于我们两人都是空虚的。没有了你，世界变得无趣，我也不会再喜欢热闹。在没有你的日子里，不管我心中有多少柔情，又能向谁诉说呢？

南宋叶梦得《避暑录话》中说："柳永为举子时，多游狭邪，善为歌辞。教坊乐工每得新腔，必求永为辞，始行于世，于是声传一时……云：凡有井水处，即能歌柳词。"大意说柳永年轻时，作为读书人参加科举考试，经常到一些烟花场所去游玩，跟那里的人打得火热。因为他擅长作词，所以当时烟花场中的那些名角儿，每每有了新曲子，都要求柳永为他们填词。只要他作的词，都一定会流行。所以当时有句话说，只要有人家的地方，都有人会唱柳永的歌。柳永填词，可以说是一首曲子能红的保证。当然一首曲子走红，带红的就是一位歌女，所以柳永也是宋朝歌女们心中的大咖。如果柳永需要做广告的话，那就是"要想红，找柳永"，一点都没有虚夸。

柳永名气虽大，却科举不利，一直到50岁才中了进士。仕途也不顺利，最终以屯田员外郎致仕。传说晚年柳永穷困潦倒，去世时连丧葬费用都没有。还是歌伎们感激他一生为大家作的歌词，集体凑钱把他安葬的。每年的清明，各地歌伎们还相约到柳永墓地祭扫，称为“吊柳会”，并成为一种风俗，一直延续到后世。明代王世贞还在诗中写道：“残月晓风仙掌路，何人为吊柳屯田。”

柳永年少作词成名，但因为行为风流，毫不掩饰，所以在科举考场上一直不顺利。

南宋吴曾《能改斋漫录》说，宋仁宗皇帝不喜欢浮华香艳的文字。柳三变（柳永本名三变）好为艳词，传播四方。仁宗看到录取名单中有柳三变的名字，就说：“且去浅斟低唱，何要浮名？”于是特地把柳三变从录取名单中去掉。这是因为柳三变写过《鹤冲天》词，中间有“忍把浮名，换了浅斟低唱”的话。皇帝认为柳三变是一个浮华之人，所以他科举考试一直考不上，后来改名柳永，才得录取。

南宋严有翼《艺苑雌黄》则说，柳三变很有才能，有大臣向仁宗推荐柳三变，仁宗就问：“是那个填词的柳三变吗？”推荐人说是，仁宗说，还是让他去填词吧（“得非填词柳三变乎？”曰：“然。”上曰：“且去填词。”）。柳三变仕途受阻，没办法，干脆破罐子破摔，每次填词，落款都写“奉圣旨填词柳三变”。

“奉旨填词”，这大概是最冠冕堂皇的词创作缘由了。

苏轼

水调歌头

明月几时有？

把酒问青天。

不知天上宫阙，

今夕是何年。

我欲乘风归去，

又恐琼楼玉宇，

高处不胜寒。

起舞弄清影，

何似在人间。

水调歌头

苏轼

丙辰中秋，欢饮达旦，大醉，作此篇，兼怀子由。

明月几时有？把酒问青天。
不知天上宫阙，今夕是何年。
我欲乘风归去，又恐琼楼玉宇，高处不胜寒。
起舞弄清影，何似在人间。

转朱阁，低绮户，照无眠。
不应有恨，何事长向别时圆？
人有悲欢离合，月有阴晴圆缺，此事古难全。
但愿人长久，千里共婵娟。

一般谈苏轼，都比较喜欢谈其贬谪黄州的苦闷，以及晚年流放海南儋州的豁达，要不就谈苏东坡在杭州修筑苏堤的逸事。其实除了这些地方，苏东坡曾经任职的地方还有陕西凤翔、山东密州（今山东诸城）、江苏徐州、浙江湖州等。在这些地方，苏轼都曾留下一些诗词、文章，以及诸多佳话。

湖州且不待言，那是苏轼写下他惹来“乌台诗案”的上书《湖州谢表》的地方。就是在这个“谢表”中，苏轼说自己“愚不适时，难以追陪新进”，触犯了王安石新党一些人物的敏感神经，被罗织罪名，投入狱中，幸得一些爱惜其才华的大臣，尤其是太后的出言相救，才得以免死流放。

徐州有一个云龙湖，今天只要到徐州旅游的人，都还会听到当地人介绍，说这里是当年苏轼疏浚治理过的地方。此外，苏轼还在徐州写下了《放鹤亭记》，记的末尾写道：“鹤归来兮，东山之阴。其下有人兮，黄冠草屦，葛衣而鼓琴。躬耕而食兮，其余以汝饱。”这里戴黄冠、穿草鞋、耕而食的，就是苏轼在徐州的好朋友云龙山人张师厚。张师厚养了两只鹤，还专门在山上为它们修建了一座放鹤亭，白天放鹤飞去，薄暮之时，东坡与师厚守候在亭上，两鹤归来，声闻于野……

在密州，东坡写下了《江城子・密州出猎》，还有这首《水调歌头》。正是这两首词，再加上后来在黄州写的《念奴娇・赤壁怀古》奠定了东坡豪放词人的地位。

《江城子・密州出猎》说：

老夫聊发少年狂，左牵黄，右擎苍，锦帽貂裘，千骑卷平冈。为报倾城随太守，亲射虎，看孙郎。

酒酣胸胆尚开张，鬓微霜，又何妨？持节云中，何日遣冯唐？会挽雕弓如满月，西北望，射天狼。

词大意说，自己虽已经不年轻了（当时苏轼 37 岁），但还是要像少年一样狂放，左手牵着黄犬，右肩架着苍鹰，头戴着亮丽的锦帽，身穿着貂皮大衣，一副英气飒爽的神情，带着上千名骑士像风一样驰过平原，驰过山岗。全城的百姓，都跟随我到了城外，看我这太守射猎，我当然要在百姓面前显示我的本事，我要像英武的孙郎（孙权）一样，亲自射杀一只猛虎，来报答百姓们对我的敬仰和追随。

借着酒酣我胸中热血沸腾，胆子很壮，虽说两鬓已白发如霜，又有什么呢！当年的冯唐被派到云中当太守，还不是已经年纪老大了，我不怕自己老，还想为国立功。我多想挽起那雕花的强弓，向着西北，射下那强横的天狼，震慑那辽国和西夏！

这首词是苏轼的得意之作，在密州时，他曾致书鲜于子骏说："近却颇作小词，虽无柳七郎风味，亦自是一家，数日前猎于郊外，所获颇多。作得一阕，令东州壮士抵掌顿足而歌之，吹笛击鼓以为节，颇壮观也。"拿自己的这首词与柳永的词相比较，很自豪地说自己的词“自是一家”，这种词让山东壮汉拍着掌跺着脚、打着拍子唱，同时用笛子和鼓来伴奏，最能呈现词中的豪放气息。

而这首《水调歌头》同样也是作于密州，这首词与《江城子》不同，既有豪放之气，展开了雄奇的追问与想象，又有婉约之意，将月色下人间的美丽以及难以割舍的人间之情，表现得淋漓尽致。

东坡此词，虽有天马行空的气势，其实也有运思的渊源，远了说，战国晚期屈原的《天问》就有问天的形式。而写月夜，初唐张若虚《春江花月夜》、张九龄《望月怀远》都是佳作。张若虚之作，被视为千古绝唱。李白《把酒问月》更是以其气势与遐想为东坡此词开了先声。

下面就将这首词的大概意思演绎一下。

“明月几时有？把酒问青天。”

既突兀又自然，说突兀，是毫无铺垫，一开口就是追问：“明月几时有？”但这样问又似乎很自然，因为天气有晴有阴，不见得总是晴天；月也有明与晦，不见得常有明月、满月。人还有忙有闲，很多时候都在忙忙碌碌，不见得每晚都会抬头仰望夜空。可能前几天一直是阴天，今天刚刚放晴；也或者因为自己忙于谋生，因为心情不快，平时根本没有注意过夜空有没有月亮。今天是中秋，是节日，也是人们团圆的时候，而应该与亲人相聚，但亲人并不在身边，只好端起酒，仰首看月，寄托思念。举目向天，抬头见月，心里第一个泛起的念头就是：这月亮是什么时候有的啊？

从这个念头出发，又想到人间与天上的岁月不同。据说天上一日，地上一年。那么，天宫里的今夜，又是何年的何夜呢？

这种想法，其实是在打破我们惯常的时空观，打破我们惯常的思维习惯：在人间，一天就是一天，今天就是今年的今天，那么在一天相当于地上一年的天上，今天又是哪一年的今天呢？这确实让人困惑，让人好奇。好奇之下，就想去探访一番。

想到这里，东坡禁不住飘飘欲仙，感觉自己就要乘着习习的夜风，飞上天去了。

秋天的凉风吹在身上，让东坡略略感觉到了一些寒意，转念一想，又想到那天空中，嫦娥所居住的地方不是叫广寒宫吗？那里的琼楼玉宇，在高悬于天空的月亮上，在那么高、那么远的地方，大概很冷吧！

在那广寒宫里，陪着嫦娥起舞，看起来似乎很美，很浪漫，可是却有些清冷，有些孤单，连那影子都似乎透着寒意，透着寂寞。唉，在那天上起舞，其实还真不如在人间啊，毕竟人间有人气，有生活，有亲人，有惦念。

上阕从好奇到向往，从向往到似乎置身其中，从幻想置身其中，到转念想到不耐那天宫的寒意、天宫的冷清，于是回到了人间的爱，还是人间好。

下阕从狂想转入沉思：

那月亮，在天空中徘徊，一会儿照耀着朱红色的楼阁，一会照进了绣花的门帘之内。月光啊，在你的照耀下，有多少人正在睁着双眼，他们在思念着亲人，他们在人间，被人间的爱、人间的相思所苦。他们在月夜里无眠，因为在这样月圆的夜里，他们不能和亲人团聚。这是第一节沉思，沉思那人间的离别。

但是，人啊，其实不应该老是抱怨，老是强调生活中的遗憾，因为就像月亮不可能总是圆满，生活中哪件事，又会总是圆满的呢？

人总是有悲、欢、离、合，这些不同的状态，不同的悲喜。月亮啊，也总有阴晴圆缺，自古如此，总难万全，哪能尽如人意！

只能祈愿人们能够长长久久地活着，活着，不管多远的距离，哪怕是千里之外，也都是在同一个夜空下，也都可以共同仰望美好的月亮，那永恒的月亮。

东坡最后的日子是在常州度过的，此前，东坡曾到真州（今江苏仪征）过访米芾。米芾把自己新得的谢安《八月五日帖》和紫金砚拿出来请东坡一起欣赏，东坡走时借走了紫金砚。后来，米芾陪同东坡一起去游了一趟金山，当地的人请东坡为金山题写匾额。东坡说，请元章（米芾字元章）写吧，元章写得挺好的。米芾说，苏学士在，我哪里敢写？我是苏学士的学生啊！东坡说，没关系，你现在写得很好了。

游金山一个月之后，东坡溘然长逝，去世前东坡嘱咐儿子要将紫金砚跟着自己陪葬。米芾听说后，赶紧跑去把砚台要了回来。

从这一个砚台里能够窥探到一生洒脱、似乎早已洞彻人生的苏东坡，也还是如此放不下这人间啊！

诗词链接

边塞诗

描写战争的诗，自《诗经》开始即有不少，但边塞诗之兴起，实始于六朝时期，南朝宋诗人鲍照多有边塞诗佳作。盛唐是边塞诗的高峰，高适、岑参、王昌龄都是边塞诗代表诗人。

边塞诗有不同类型，有的是站在士兵角度，描写战士的报国热情以及战争惨烈；有的是从旁观者角度，描写战争的罪恶，将帅的无能、贪婪；更多的是描写广大北方及西域的边关的自然景观与民族风情；还有的写将士思乡，以及闺中妇女对长年驻守边塞亲人的思念。

边塞诗中有绚丽壮观的自然山川，也有豪情万丈的爱国情怀，有慷慨悲壮的牺牲精神，也有低回婉转的思乡情结。

边塞诗，也是最能体现唐诗气象的诗歌题材。据统计，唐以前的边塞诗，现存不到 *200* 首，而《全唐诗》中所收的边塞诗就达 *2000* 余首。

周邦彦　少年游

并刀如水，

吴盐胜雪，

纤手破新橙。

锦幄初温，

兽烟不断，

相对坐调笙。

少年游

周邦彦

并刀如水，吴盐胜雪，纤手破新橙。
锦幄初温，兽烟不断，相对坐调笙。

低声问，向谁行宿，城上已三更。
马滑霜浓，不如休去，直是少人行。

南宋张端义《贵耳集》说，名伎李师师因为喜爱周邦彦的词作及音乐，跟周邦彦关系很好，周邦彦经常到李师师家中做客。当时的徽宗皇帝也经常去找李师师寻欢作乐，一次周邦彦正在李师师家中，徽宗来访，周邦彦来不及离开，只好躲在床下。徽宗到了之后，拿出了一个新鲜的橙子，还告诉李师师这是江南今天上贡来的，然后就和李师师耳鬓厮磨，谈笑戏谑，极尽欢乐而去。周邦彦躲在床下听了一晚上，回去后就把此事（包括二人的对话）写成了一首词，就是这首《少年游》。

故事的真实性如何，且不深议，此词的下阕，确实是男女对话的形式，大概《贵耳集》所讲的故事，是久在民间传说的故事吧。 而之所以有这样的故事产生，一是宋徽宗的荒淫无度，广为人知；二是此词中所描绘的场景，太有在场感和画面感了。

先来读词的上阕。并刀就是并州（今山西太原）出产的刀，以锋利著称。这种刀应当是寒光冷冷、坚硬、锋利的，但周邦彦用了一个“如水”，将其柔化了。吴盐，盐的性状本来也算不上柔的，但吴地，是人们心目中吴侬软语之地，是江南好、谁不忆江南的脂粉风流地。吴盐，已经将盐的性状柔化了；胜雪，更强化了这种柔软。雪也是柔软的，雪还是容易化的，化了还是水。并刀如水，吴盐胜雪，两种不柔软的事物都成了柔软的。

柔软是触觉所感的，纤手当然是柔软的。“纤手破新橙”，柔软的手破开了新鲜的橙子，柔软对柔软，触觉之外，又有了嗅觉和味觉。吴盐开始铺垫的嗅觉、味觉开始弥漫于空间。

纤手除了是柔软的，大概还是温暖的，但纤手拿着如水的并刀破了橙子，又捏起一瓣瓣橙子，纤手大概也变冰凉了，成了冰凉的小手。接着就进入了温度意象，“锦幄初温”，香艳、柔软、温暖，暖意充满了空间；“兽烟不断”，浓得化不开的香气弥漫，整个空间香喷喷、暖烘烘的。“兽烟”，是制成兽形的香饼，种类繁多，据说，这些香饼中除了香料之外，其实还加了一点点催情的草药，“兽”字是否还有一点点其他的暗示呢？

在这种香艳无比、暖意融融，充满了橙子的色、兽烟的香、锦幄的柔软繁缛的催眠式的空间里，“相对坐调笙”，男女两人促膝而坐，吹着笙，唱着歌，柔美的音乐回旋于屋中。此情此景，男子还舍得离开吗？

上阕中，声、香、色、味已经俱全，有切开的新橙，有雪花般洁白的吴盐，有燃烧的兽香，有暖意融融的锦幄，也有笙歌奏起。这样的时刻，男女都陶醉其中，似被催眠了，谁也不想走出这温馨的时刻。忽然，男子醒悟到：夜已深了，自己该告别了。

上阕全由描写构成，没有一句对话。下阕全由对话组成：男子说，我该走了；女子说，这么晚了，你到谁那儿去住呢？城楼上已经打了三更的鼓了。又说，这么冷的夜晚，道路上有霜，马蹄会打滑的，不如不走了吧！因为夜已经深了，很少有人还在路上了。

女子没有说，我们俩现在这么温馨的时刻，你就别走了吧，而是说外面马滑霜浓，路上已经没人了。她用屋外的寒冷和冷清，暗暗对比屋内的温馨美好。外面那么冷，还要独自夜行；屋里这么温馨，你还舍得走吗？

唐代李白有一首乐府诗，名为《杨叛儿》：

君歌杨叛儿，妾劝新丰酒。
何许最关人，乌啼白门柳。
乌啼隐杨花，君醉留妾家。
博山炉中沉香火，双烟一气凌紫霞。

这首乐府诗和周邦彦词比较一下，就很有意思。

李白的《杨叛儿》，读来非常爽朗，开头开门见山，你唱着歌，我劝着酒，然后再交代地点——白门（南京）柳树下，那里有乌啼之声，那里的乌啼声从哪里发出？从杨柳花絮中发出，乌啼其实是交代时间，因为乌啼表示黄昏到了。黄昏到了,你也醉了,醉了怎么办？就住在我家呗。留在我家，又是什么样的场景，卧室里的香炉里燃烧着沉香（香料）之火，那烟雾如一对情侣一样互相缠绕，冲出香炉，像要冲向紫霞（其实卧室里的烟是不可能冲上天空的）……

周邦彦的词，将场景全部集中在室内，从室内女主人公切开新橙开始写，一直写到两人“相对坐调笙”，都是在这一封闭的、隐秘的私人空间里。李白乐府，则是从开放空间渐渐引向室内，你唱歌，我劝酒。在哪里？在白门，在柳下，白门柳下的一幢房子里；你醉了，我陪着你，香炉中有沉香之火，如同我们俩的激情……

李白的乐府诗既大胆又含蓄，行为当行，止为当止；大大方方，爽朗豪放，有“爱就爱了”的痛快和“过把瘾”的直露。

周邦彦的词则有催眠式的魔力，虽没有一点情色的描写，但充满了感官的体验和暧昧的暗示。

李白的女主人公说，君醉留妾家；周邦彦的女主人公却说，马滑霜浓，不如休去……

诗词链接

婉约词

中国古代词学流派之一，形成于晚唐。这一类词修辞婉转，表现细腻。在取材上，多写儿女之情、离别之情；在表现手法上，多用含蓄蕴藉的方法表现情绪。

词的出现之初，就与诗拉开了一定距离，更倾向于闺阁生活，以及温柔、细腻的情感。《诗余图谱》说："词体大略有二:一体婉约，一体豪放。婉约者欲其辞情酝藉，豪放者欲其气象恢宏。盖亦存乎其人，如秦少游之作多是婉约，苏子瞻之作多是豪放。大抵词体以婉约为正。"

李清照作《词论》也明确地说"词别是一家"，其实也是把婉约风格，当成词体的主流与正宗。

一方面，历来词人，属婉约派的多，属豪放派的少；另一方面，即使豪放词人，也多有婉约词佳作。婉约派词人代表有李煜、柳永、晏几道、秦观、李清照、周邦彦等，清代纳兰性德，是婉约派的后劲。

李清照 声声慢

寻寻觅觅，

冷冷清清，

凄凄惨惨戚戚。

乍暖还寒时候，

最难将息。

三杯两盏淡酒，

怎敌他、

晚来风急？

声声慢

李清照

寻寻觅觅，冷冷清清，凄凄惨惨戚戚。
乍暖还寒时候，最难将息。
三杯两盏淡酒，怎敌他、晚来风急？
雁过也，正伤心，却是旧时相识。

满地黄花堆积，憔悴损，如今有谁堪摘？
守着窗儿，独自怎生得黑？
梧桐更兼细雨，到黄昏、点点滴滴。
这次第，怎一个愁字了得！

包办婚姻的时代，靠的是门当户对、媒妁之言。婚姻幸福，有时就是撞大运。与大多数女性相比，李清照是幸运的，她结婚的对象是赵明诚，无论从哪方面看，这都是一桩理想的婚姻。

从家庭背景看，李清照的父亲李格非，当时是礼部员外郎。而赵明诚的父亲赵挺之，当时是礼部侍郎，既门当户对，又有同僚之谊。当时赵明诚本人还在太学读书，赵李夫妇自幼都受到了良好的教育。李清照喜欢作词，出嫁前就已经有才女之名。赵明诚则除了从事科举之外，也喜欢学问，尤其是金石学的研究；虽然还没有当官任职，但已经开始了自己的收藏事业。两人夫唱妇随，婚姻生活十分甜蜜。

李清照《金石录后序》曾记两人婚后生活状态，说起当年生活：

结婚之初，丈夫赵明诚 21 岁，在汴京的太学之中做学生。赵家和李家虽然是官宦家庭，但并没有多少钱财。每个月初一和十五，太学各有一天假期，回家拜过父母之后，就出门去，先把身上衣服拿到当铺，拿到千文铜钱，就从从容容走到相国寺，买回碑文拓片、书籍字画，顺便再买些水果、坚果。回到家里，把拓片、书籍、字画摊开在桌子上，两人相对而坐，口中咀嚼着水果，眼睛品尝着字画，就这样度过一天，充实极了，幸福满满。

两年后，赵明诚步入仕途，开始有了薪俸。此时，赵明诚的父亲赵挺之也当了宰相，家里亲属多有在朝廷的，能够接触到各种珍贵的书籍、字画。赵明诚和李清照两口子节衣缩食，只是为了自己的收藏爱好，如果收到了好的藏品，他们会高兴得忘乎所以；而有时遇到宝物却没有那么多钱买下，他们又会“相向惋怅者数日”。

赵挺之去世后，赵明诚被免职，回到家乡青州（今山东青州），10 多年后，又重新出任官职，先后任了两地知府，所有收入全部用于收藏。夫妇俩每当得到一部新书，就一起进行校勘，为书籍题写标签；得到字画、青铜器，就共同把玩，探讨其优点和缺点，品鉴点评。两人浸淫在欣赏古物藏品的乐趣之中，每晚基本上都要燃完一支蜡烛方才就寝。

随着书籍日多，藏品日富，夫妇俩还经常玩赌输赢的游戏："每饭罢，坐归来堂烹茶，指堆积书史，言某事在某书某卷第几页第几行，以中否角胜负，为饮茶先后。中，即举杯大笑，至茶倾覆怀中，反不得饮而起。"两口子吃完晚饭，在书房中烹茶游戏，比试记忆力，一个人先来指着书堆，报出某一个典故、故事在某书某卷第几页、第几行，另一个去将书取来验证，看看记的是对是错，然后轮换，这样谁全对，谁就是赢家，就抢到了先喝茶的权利，获胜者乐得举杯大笑，以至于杯子一斜，茶水都洒到了怀里，赶紧站起来，也没喝到茶水。

李清照回忆与丈夫赵明诚早年的生活，叹道："甘心老是乡矣！"

可惜，两人幸福生活被战乱给击毁。"靖康之难"发生那年，赵明诚在淄川（今山东省淄博市淄川区）任知府，听说敌军到来，弃城而走，被免去职务。李清照极尽所能，带着家里能带走的收藏品渡江到了建康。赵明诚后来又被起用，任建康知府；不久又被免职，第二年又被任命为湖州知府。因国事紧急，赵明诚为了赶路，一路骑马疾驰，当时正是大夏天，中了暑气，到了湖州就病倒了。消息传到李清照这里，李清照以 20 年夫妻生活对赵明诚的了解，马上想到：赵明诚是因为路上中暑气而得病的。病了会发热，赵明诚是一个性子很急的人，一定会服用寒性药来治，暑毒被闭在体内，这是很危险的。李清照急得没法，乘船一夜赶了 300 里路，赶到了湖州，得知赵明诚果然已经服了大剂量的柴胡、黄芩，造成冷热交加腹泻不止，已经病危。见到李清照，赵明诚要来纸笔写下一首绝命诗，连遗嘱也没留下就逝世了。

战乱仍在继续，人们还在逃难。李清照尽力想要为夫妻两人费尽心血收集的藏品找到一个安全的地方，但最后几经散失，大部分书籍、文物都丢失了。

命运真是播弄人，当年最幸福的一对神仙伴侣，被生死隔绝在阴阳两界，留下曾经尽享欢乐的李清照，在动乱的岁月里流离失所，悲悲凄凄。这一首《声声慢》，就是李清照晚年的名作。

在冷冷清清的时节，我在凄凄惨惨、十分悲戚地寻觅着。寻觅着什么呢？不管寻觅什么吧，总之女主人公处于一种挺难过的状态。

为什么会这么凄清，原来这是初春乍暖还寒的时候，这样的时候是最难过的，为什么？因为前几天似乎已经看到了春天，现在又一下掉进了寒冷中，人的心情是压抑而沉重的。

因为已经初春，大概原来取暖的炉火也已经取消了，所以家里面根本没有什么取暖的办法，尤其到了傍晚，即使喝上三杯两杯酒，也抵挡不了那晚来的呼啸寒风。

大雁和人一样，被春天给哄骗了，正在往北归去，在黄昏时，站在家门口，看到那天上的雁阵归来。大雁啊，还是去年的大雁。

那些天真可爱的花朵，根本不了解季节的残忍，她们急急忙忙地开放，却遭遇到寒风的挫折，从枝头被吹落，堆积满地，即使是留在枝头的黄花，也是憔悴得让人不忍摘取。

我独自守在窗前，怎么受得了一个人面对黑夜降临？

黄昏降临，细雨又开始下，那雨滴打在梧桐树叶上，点点滴滴，都在发出令人难耐的声音。

愁啊，这愁啊，让人怎么受得了！

李清照在《金石录后序》中记赵明诚赶赴湖州就任，两人匆忙告别的场景："六月十三日……（赵明诚）葛衣岸巾，精神如虎，目光烂烂射人，望舟中告别。余意甚恶。"

永远记得那个日期，永远记得那人当年的衣着和神情，多年后回忆起来，还记得当年心中不祥的预感。

岳飞　小重山

昨夜寒蛩不住鸣。

惊回千里梦，

已三更。

起来独自绕阶行。

人悄悄，

帘外月胧明。

小重山

岳飞

昨夜寒蛩不住鸣。
惊回千里梦，
已三更。
起来独自绕阶行。
人悄悄，
帘外月胧明。

白首为功名。
旧山松竹老，
阻归程。
欲将心事付瑶琴。
知音少，
弦断有谁听。

绍兴二年（1132），曹成拥众十余万，成为南宋王朝的一大威胁。当时岳飞被任命为“知潭州兼权荆湖东路安抚都总管”，主要任务是招安曹成。曹成素知岳飞大名，听说岳飞带兵来镇压，赶紧逃走。岳飞奉诏招曹成投降，曹成拒不接受。

岳飞领军追击曹成到了贺州（今广西贺州）。曹成派出的探子到处打探军情，被岳飞手下抓住，绑在岳飞营帐里。岳飞故意走出营帐布置供应军粮的事宜，管军粮的军官汇报说军粮已经没有了，怎么办呢？岳飞就回答说，那就暂时返回茶陵（今湖南茶陵）吧。岳飞又回到营帐中，看到那个探子还被绑在自己帐中，便做出一副后悔的样子，扭头就走。他又让看守探子的人放松看管，故意让探子逃脱，探子逃回去给曹成报告，曹成大喜过望，认为岳飞没有了粮食，已经准备撤走了，于是命令全军明天追击岳飞。整个叛军营中都一片欢腾，也放松了警惕。而岳飞这边，半夜让士兵吃了饭开拔，悄悄地潜入敌人所盘踞的山岭中。经过跋涉，黎明时，岳家军出乎曹成意料，出现在曹成营寨前，一举攻破了曹成的大寨。

这个故事，可以看到岳飞并不单单是一介武夫，还是一位有勇有谋的儒将。

《宋史·岳飞传》说："西汉而下，若韩、彭、绛、灌之为将，代不乏人，求其文武全器、仁智并施如宋岳飞者，一代岂多见哉……飞北伐，军至汴梁之朱仙镇，有诏班师，飞自为表答诏，忠义之言，流出肺腑，真有诸葛孔明之风，而卒死于秦桧之手。”

这里提到历史上的名将，像岳飞这样文武双全、仁智并具的非常少，岳飞拳拳报国的忠义之忱，完全可以媲美三国时的诸葛孔明。

诸葛亮曾有《出师表》传世，而岳飞也深受此文忠君报国思想的影响，并曾手书此表。其书法和诸葛亮的文章一样，也流传千古。

在襄阳隆中诸葛亮故居，有一座武侯祠，祠中立有刻着岳飞以行草书写的诸葛亮《出师表》，其末尾写道：“绍兴戊午秋八月望前，过南阳，谒武侯祠，遇雨，遂宿于祠内。更深秉烛，细观壁间昔贤所赞先生文词、诗赋及祠前石刻二表，不觉泪下如雨。是夜，竟不成眠，坐以待旦。道士献茶毕，出纸索字，挥涕走笔，不计工拙，稍舒胸中抑郁耳。岳飞并识。”

绍兴戊午即南宋绍兴八年（1138），武侯祠中的岳飞书法，是岳飞在这一年八月十五前写的。岳飞因为军事方面的公务经过此地，带着对诸葛武侯的敬仰，专程到武侯祠拜谒，遇到大雨，留宿于祠中。他白天拜读了武侯祠中一些赞颂武侯的诗文，想到诸葛亮“出师未捷身先死，长使英雄泪满襟”，所以彻夜不眠，乃书写《出师表》。

岳飞的书法刚劲有力，深得黄庭坚书法的神韵，而减去了黄字的一些颤笔等笔意，更加直抒胸臆，看来“书如其人”之说，确实是有道理的。

岳飞一生戎马倥偬，所留下的诗词并不多，一共20首左右，但值得注意的是岳飞诗词有着多种含义和韵味，既有“怒发冲冠”那样激昂慷慨的句子，也有像此词“欲将心事付瑶琴。知音少，弦断有谁听”这样的低回婉转的情调。

岳飞的这首《小重山》大意如下：

昨夜听到秋天的蟋蟀老是不停鸣叫，叫人从睡眠中又醒来。

梦里其实已经到了千里之外，忽然梦醒，发现已是三更时分。

虽然夜已经深了，但醒来之后再也睡不着了，于是起来独自绕着室内的台阶彷徨。

夜深人静，到处都静悄悄的，帘外月色朦胧。

回首自己的人生，现在已经白了头，只是为了建功立业，立身扬名。

家乡的山上松竹已老，家乡沦陷了，回家乡的路被阻隔、断绝。

有多少心事,无法用言语表达。想要拿出瑶琴来弹奏，用琴声来表达自己的内心。

无奈世上知音难觅，心情无处表露，即使琴弦在弹奏中断掉，又有谁能够听懂其中的含义呢?

此词中，需要注意的第一个词是“寒蛩”。

“寒蛩”是深秋里的蟋蟀。《诗经·豳风·七月》说:“十月蟋蟀，入我床下。”《诗经·唐风·蟋蟀》说:“蟋蟀在堂，岁聿其莫。今我不乐，日月其除。无已大康，职思其居。好乐无荒，良士瞿瞿。”深秋蟋蟀进到屋里，说明岁暮临近，日月正在流逝，人不能太享乐了，而应该承担起自己的职责，虽说要寻求快乐，却不能过分，好男儿一定要保持警醒，持续努力。

岳飞听到蟋蟀在房子里不断鸣叫，同样感觉到岁月易逝、事业难就，既然已经白首还未实现理想，那么干脆归隐山林好不好呢?一说到归隐，就难免想到家乡，想到家乡，心情更加不平静了。家乡还在金人手里，道路断绝，又如何能归隐呢?

小小的蟋蟀，却引起了岳飞内心的波澜。

需要注意的第二个词是“瑶琴”。

《历代诗余·卷一百十七》引陈郁《藏一话腴》说:“武穆《贺讲和赦表》云:‘莫守金石之约，难充溪壑之求。’故作词云:‘欲将心事付瑶筝，知音少，弦断有谁听?’

盖指和议之非也。又作《满江红》,忠愤可见。其不欲‘等闲白了少年头’，足见明其心事。”

这一段议论说，岳飞反对议和，但高宗和秦桧等主和派占据了朝廷。皇帝和宰相都主和，主战当然就成了非主流，所以岳飞在词中追问“知音少，弦断有谁听”。

自古正直官员都以忠君、爱国为己任，岳飞遇到的问题，是忠君与爱国之间。产生了冲突。岳飞一心爱国，念念不忘靖康耻，提出的目标是直捣黄龙迎二圣，所谓“二圣”就是指在靖康之变中被俘虏到北方的徽宗、钦宗两位皇帝。但岳飞的爱国却犯了宋高宗赵构的忌讳，因为赵构是宋徽宗赵佶的第九子，本来是轮不到他当皇帝的，因为徽宗和钦宗都被掳到金国，赵构才即位当了南宋的开国皇帝。如果岳飞北伐真的成功，打败金国，将徽宗、钦宗迎回，那么赵构的皇帝之位，就要出问题。

绍兴十年（1140)，金国元帅完颜宗弼（即金兀术）再次兴兵南下，岳飞奉命迎敌，在河南郾城（今河南省漯河市郾城区）大败金军最精锐军队“铁浮屠”和“拐子马”。“铁浮屠”是金军的重装骑兵；“拐子马”是金军快速进攻的精锐轻骑兵，主要用于两翼包抄。岳飞巧妙破解了敌军战术，取得压倒性胜利。

此时金军后方汉族人民也纷纷起义，金军内部的汉族军人也主动联系岳家军，要为北伐做内应，“金人锐气沮丧，尽弃辎重，疾走渡河”。

在这样的大好形势下，秦桧先是将其他部队撤回，又以岳飞孤军不可久留为由，令岳飞班师，“一日奉十二金字牌，飞愤惋泣下，东向再拜曰‘十年之力，废于一旦’”。

主战的岳飞，终于被主和的皇帝和宰相合谋害死，与长子岳云、部将张宪一道，被害于风波亭，一句“莫须有”成了他的罪名。

《宋史·岳飞传》说：“盖飞与桧势不两立，使飞得志，则金仇可复，宋耻可雪；桧得志，则飞有死而已。昔刘宋杀檀道济，道济下狱，嗔目曰：‘自坏汝万里长城！’高宗忍自弃其中原，故忍杀飞，呜呼冤哉！呜呼冤哉！”

这里的意思很清楚，秦桧主和，与主战的岳飞势不两立；秦桧得志，岳飞只能死。秦桧之所以主和，是因为他揣测到了高宗内心的真实想法。没有高宗的批准和指使，秦桧也做不了主，去杀岳飞，根本原因在于宋高宗根本没有恢复中原的想法，只想保住自己的皇位，“故忍杀飞”。

诗词链接

豪放词

豪放词是形成于中国宋代的词学流派之一，与婉约词并列为词的两大流派。

豪放词特点大体是创作视野较为广阔，气象恢宏雄放，喜用诗文的手法、句法写词，语词宏博，用事较多，不拘守音律。

豪放作为文学风格，见于司空图《二十四诗品》，杨廷芝解释豪放为“豪迈放纵”“豪则我有可盖乎世，放则物无可羁乎我”(《诗品浅解》)。可见豪放的作品当气度超拔,不受羁束。

北宋早期范仲淹写《渔家傲》(塞下秋来风景异)，发豪放词之先声。北宋中后期苏轼大力提倡写壮词，欲与柳永等婉约派分庭抗礼，豪放词进入奠基阶段。苏轼之后，经贺铸中传，加上靖康之变的引发，豪放词派获得迅猛发展，集为大成，出现了豪放词领袖辛弃疾，以及陈与义、张元幹、张孝祥、陈亮、刘过等一大批杰出的词人，这是豪放词的顶峰阶段。

豪放词佳作气魄宏大，音调铿锵，有震撼力，但少数作品也有过于粗豪或不协音律的情况。

姜夔　杏花天影

绿丝低拂鸳鸯浦。

想桃叶、

当时唤渡。

又将愁眼与春风，

待去；

倚兰桡，

更少驻。

杏花天影

姜夔

丙午之冬，发沔口。丁未正月二日，道金陵。北望惟楚，风日清淑，小舟挂席，容与波上。

绿丝低拂鸳鸯浦。
想桃叶、当时唤渡。
又将愁眼与春风，待去；
倚兰桡，更少驻。

金陵路、莺吟燕舞。
算潮水、知人最苦。
满汀芳草不成归，日暮；
更移舟，向甚处？

姜夔祖籍饶州鄱阳（今江西省鄱阳县），但他的童年却是在汉阳（今湖北省武汉市汉阳区）度过的，因为他的父亲姜噩曾任汉阳知县，在任上去世。

姜夔从20岁左右就开始四处流寓，一边靠诗词和才艺在江湖上谋生，一边参加科举，因为他的籍贯还在鄱阳，所以也多次回到鄱阳应考。姜夔一直到30岁也不曾取得科举出身，但江湖生涯使他认识了不少官员、文人，自己也取得了名士的身份。31岁时，姜夔结识了诗人萧德藻，得到他的特别赏识。萧德藻还把侄女嫁给了姜夔。所以当萧德藻调任湖州乌程令时，姜夔也追随他到了湖州。姜夔在湖州生活了10多年，一直到萧德藻离开湖州时，才移居杭州，最终病逝于杭州。

姜夔一生，除了上面提到的汉阳、鄱阳、湖州和杭州几个城市之外，扬州、苏州、金陵、合肥、南昌都是他经常旅居的城市。

这首《杏花天影》（绿丝低拂鸳鸯浦）就是姜夔从汉阳出发到金陵纪行之作。小序中所说的沔口，就是汉阳，因为汉水也称“沔水”；丙午之冬是宋孝宗淳熙十三年（1186）冬天，丁未即淳熙十四年（1187）。

姜夔的另一首词《踏莎行》（燕燕轻盈）小序说：“自沔东来，丁未元日至金陵，江上感梦而作。”

两篇小序对照，则《踏莎行》（燕燕轻盈）和《杏花天影》（绿丝低拂鸳鸯浦）分别作于淳熙十四年的正月初一和初二。前一首姜夔自称是感梦而作，次日他意犹未尽，又写下了这首《杏花天影》。

姜夔的《踏莎行》这里不谈，来讲讲这首《杏花天影》。

简单地说，要理解这首词，关键是看第二句，上阕和下阕关键信息都在第二句上。

先看上阕第二句："想桃叶、当时唤渡。"

这里用了王献之妾的典故。

据说王献之有位妾，名叫桃叶，献之非常爱她，每次桃叶回娘家，王献之都一定要亲自去把她迎接回来。

王献之对桃叶的爱，不仅表现在他每次亲自到渡口去迎接这件事上，而且献之还把对桃叶的爱唱进《桃叶歌》里，"缘于笃爱，所以歌之"（《古今乐录》）。

王献之的《桃叶歌》有两首，第一首说："桃叶复桃叶，桃叶连桃根。相怜两乐事，独使我缠绵。"第二首说："桃叶复桃叶，渡江不用楫。但渡无所苦，我自迎接汝。"

身为著名书法家的王献之，留下来这两首保存在《古今乐录》中的乐府歌，缘于真情，十分质朴，完全是民歌的情调。

再看下阕中的第二句："算潮水、知人最苦。"

此句暗用了李益的诗句。李益原诗名为《江南曲》，说："嫁得瞿塘贾，朝朝误妾期。早知潮有信，嫁与弄潮儿。"

李益此诗，好在其看似有理又无理，说无理又似乎有理，独出心裁。贺裳《载酒园诗话》说："诗又有无理而妙者，如李益‘早知潮有信，嫁与弄潮儿’，此可以理求乎？然自是妙语。”姜夔化用其意，李益说潮水有信，姜夔进而说潮水有情，懂得情人相思之苦。

理解了两个关键“机关”，再来看这首词的写作背景。根据词的小序，这首词作于淳熙十四年正月初二在金陵的舟中。大年初二，姜夔为什么会在金陵的舟中？原来，这一年，萧德藻从汉阳转官湖州。姜夔应其邀请，追随他到湖州。从汉阳到湖州，一路上都是舟行。姜夔从年前出发，正月初一到金陵，初二仍在金陵逗留。到达金陵前夜，姜夔梦到了从前恋爱过的女子，初一就写下了《踏莎行》，初二意犹未尽，又写了这首《杏花天影》。

据学者考证，姜夔思念的女子，并非一位，而是合肥勾栏（风月场）中的一对姐妹花，即《踏莎行》中的“燕燕轻盈，莺莺娇软”所说的“燕燕”“莺莺”。因为合肥在金陵的北边，所以小序中说“北望惟楚，风日清淑”。

姜夔是萧德藻的侄女婿，这次受萧的邀请，去依附于萧。他乘着一叶扁舟从汉阳到湖州，一路上经过一些曾经漫游的地方，看到每天不同的风物，难免浮想联翩，追忆和思念不断涌来。当到达金陵，在舟中梦到合肥姐妹，舟中北望，只见风日清淑，于是他又写下这首词，继续抒发对合肥姐妹的思念。

“绿丝低拂鸳鸯浦。”这是姜夔回忆当年与合肥姐妹相处的情景：在春天里和合肥姐妹相遇，嫩绿的柳丝轻拂着水面，那里有鸳鸯戏水。

“想桃叶、当时唤渡。”姜夔用桃叶典故，除了金陵有桃叶渡，触动了姜夔之外，还有一个原因，根据王献之《桃叶歌》中“桃叶连桃根”，说桃叶和桃根是一对姐妹，同为献之爱妾。姜夔在合肥爱上的也是一对姐妹，这一点也和王献之相似。

“又将愁眼与春风，待去”。王献之每次都要到桃叶渡去迎接桃叶、桃根姐妹，并唱出了“桃叶复桃叶，桃叶连桃根”的歌，这里缘于挚爱。而当年姜夔也曾如此迷恋合肥姐妹，但当年的恋爱并不长久，春天里相爱，又在春天里分手，所以只有愁眼与春风了。

“倚兰桡，更少驻。”回忆起当年别离之时，同样也是在舟中，本来舟已经要起程了，倚靠在船桨上，又依依惜别，恋恋不舍。

这是上阕。

“金陵路、莺吟燕舞。”金陵这里，历来也是金粉烟花盛地，姜夔到达时，又正是大年初一、初二，满眼都是美女，处处“莺吟燕舞”。这些不仅没有让姜夔把思念消退，反倒更加勾起了他的思念与回忆。

“算潮水、知人最苦。”旅途里，本来就住在舟中，每天和潮水打交道，而潮水每天按时来，按时去，正如李益诗中说的“潮有信”。潮水既然这么守信，肯定也是懂得人的感情的，于是姜夔感叹道：我觉得，潮水它应该最知道我对当年的恋人的思念之苦。

“满汀芳草不成归，日暮”。当年离别在春天，今天是大年初二，春天又快要来了，像当年一样，春天就要归来了，天色将晚，可是我却还在到处漂泊啊。

“更移舟，向甚处？”一直在漂泊，一直在流浪，今晚我的小船又将停泊在何处？这既指实际身体的漂泊，也指灵魂与精神的漂泊，也是感情的漂泊。

从思念合肥姐妹，到感念自己灵魂的、精神的、感情的漂泊，词的意义也更加深刻，就这样，全词在深化与升华中结束。

当代学者，尤其是女学者，特别接受不了姜夔同时爱上一对姐妹，因为这与纯洁爱情的专一相悖，于是用了很大力气，从词学艺术表现手法等方面，努力说明所谓“燕燕”“莺莺”“桃叶”“桃根”，并不是说姜夔爱上了一对姐妹花，他爱上的只是其中一位。

学者当然出于维护姜夔正面形象的善意。不过，如果一定要古人符合我们当代人的道德，那么，姜夔恋上的女子是否为风月场上的女性，这一个情况，似乎也需要重新论证一下。

写下这首《杏花天影》4年后，姜夔37岁。这一年腊月里，他从湖州到苏州，拜会以朝廷高官致仕后隐居于苏州石湖别墅中的范成大。姜夔深通音律，能够自度曲，创制新词牌，他在范成大家中创了《暗香》《疏影》两个新词牌，范成大“使二妓习之，音节清婉”，于是非常高兴。姜夔要告别范成大回湖州时，范成大就将身边一位名叫小红的侍女送给了姜夔。

姜夔离开石湖之时，已经是黄昏时分，仍然是一叶扁舟，翩然来去。小舟从石湖（石湖是太湖的支流）经过垂虹桥之时，姜夔作了一首诗：“自作新词韵最娇，小红低唱我吹箫。曲终过尽松陵路，回首烟波十四桥。”

据说这天晚上下起了大雪，尽管漫天大雪，四处白茫茫一片，不过在姜夔的诗中，却只看到他的热烈和欢乐。因为这一天，他有了小红，一位低唱婉转的女子。

诗词链接

诗仙

唐代诗人李白，被称为“诗仙”。这一称号由来，是李白初到长安，结识了有“四明狂客”之称的贺知章。贺知章读到李白的《蜀道难》，就击节称赞，呼李白为“谪仙人”。李白具有强烈的道家思想，是一名曾经正式受箓学道的道教徒，他的诗富有浪漫精神，读来令人有飘飘欲仙的感觉，颇有“仙气”。李白又好饮酒，杜甫将其写入《饮中八仙歌》：“李白斗酒诗百篇，长安市上酒家眠。天子呼来不上船，自称臣是酒中仙。”李白的精神气质和李白诗的浪漫不羁的特征，都使得李白的“诗仙”这个称号被人们广泛接受。

管道昇　我侬词

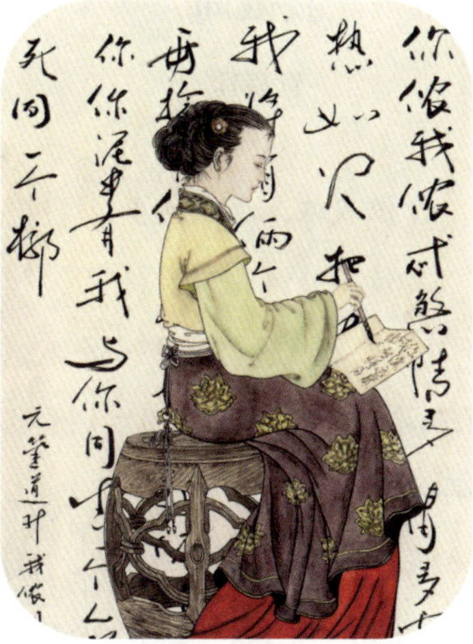

尔侬我侬，

忒煞情多，

情多处，

热似火。

把一块泥，

捻一个尔，

塑一个我，

将咱两个，

一齐打破，

用水调和。

我侬词

管道昇

尔侬我侬，忒煞情多，
情多处，热似火。
把一块泥，捻一个尔，塑一个我，
将咱两个，一齐打破，用水调和。
再捻一个尔，再塑一个我。
我泥中有尔，尔泥中有我。
我与尔生同一个衾，死同一个椁！

管道昇是著名书画家赵孟頫背后的女人，在关于赵孟頫的一些故事里，往往能看到她的身影。

有一个故事说，有一天两位白莲教道人在赵孟頫门前求见，门人通报说有两位居士求见相公，赵孟頫生气地说："什么居士？香山居士还是东坡居士！两个吃素食戴风头巾的，也都来称居士！"这个时候，管夫人从里屋出来了，说相公不要这么焦躁，他们来用钱买字画，咱们收了钱不是就有饭吃了吗（有钱买得物事吃）！赵孟頫还是挺不高兴，一会儿，两位道人进门行了礼之后，从袖筒里拿出十锭钞，说："送给相公做润笔费。我们庵请人做了庵记，是年教授（教授是古代地方教育官员）的手笔，来求相公书写。"赵孟頫一见到道人们出手大方，就转怒为喜，大声喊仆人给两位道人上茶。除了满足道人要求，为他们书写庵记外，他还和道士聊了好一会儿，才高高兴兴送走两位道人。

又有一个故事说，赵孟頫画马，经常出神地揣摩马的各种姿态和动作，甚至躺在床上学马翻滚的姿态，慢慢地得了马的神韵。有一次，管夫人从外面回来，赵孟頫正好在床上模仿马的动作。他学得太像真马了，管夫人远远从窗户望进去，恍惚之中，看到赵孟頫真成了一匹马在翻滚！

有一个流传很广的说法，说赵孟頫和管道昇结婚是在至元二十五年（1288），此时赵孟頫已经35岁，而此时管道昇也有27岁。这其实是对赵孟頫所作的《魏国夫人管氏墓志铭》的误读，铭中并没有说管氏何时嫁给赵孟頫，赵孟頫在铭中只说管夫人家和自己是乡邻，管夫人自幼聪明过人，她的父亲管公很欣赏赵孟頫，所以就把女儿嫁给了赵孟頫。

按照一般的女子结婚年龄推算，如果两人结婚时管道昇18岁，那么赵孟頫26岁，这样的年龄对于男女，都是很正常的。因为宋元时代，早婚主要是指女子，男人二十六七岁结婚是很正常的,两人年龄差也是比较合理的。

如果赵孟頫和管道昇结婚是在赵二十六七岁之时，则前面故事里讲赵孟頫生活挺拮据，以至于要靠书画得钱才能有吃的，这就比较好理解。因为赵孟頫在南宋末曾有过司仓参军的职位，来自荫官（对官员家族的子弟，不需要通过科举，可给予的官职），而宋亡之后，赵孟頫处于失业状态，没有收入。古代富与贵并非一回事，赵孟頫虽说是宋朝宗室，不见得有多少家产，尤其是经历改朝换代之后。前代王孙日子过得比较狼狈是很正常的。如果说赵孟頫娶管道昇是 35 岁，此时赵孟頫已经当了元朝官员，官至兵部郎中，这个故事就不太合理了。

另外根据《魏国夫人管氏墓志铭》可知，管夫人有子三人，长子赵亮，早卒；而次子赵雍出生在至元二十六年（1289），赵、管两人结婚显然并不是在流行说法中说的至元二十五年（1288）。

管道昇在《修竹图自识》中写道:“墨竹,君子之所爱也。余虽在女流，窃甚好学。未有师承，难穷三昧。及侍吾松雪十余秋，傍观下笔，始得一二。偶遇此卷闲置斋中，乃乘兴一挥，不觉盈轴，与余儿女辈玩之。仲姬识。”

其《竹卷后跋》也说：“操弄笔墨，故非女工。然而天性好之，自不能已。窃见吾松雪精此墨竹，为日已久，亦颇会意。因大丞相不忽夫人之命，敬写一卷，鄙拙可愧耳。”

第一个题跋中，管道昇说自己画墨竹，其实是得益于平时在赵孟頫身边“傍观下笔”，这一点其实是书画师承与学习中的重要方式,也是以前师徒相授的核心。像启功，并没有进过美术学院，但其书画水平却很高，就是得益于其自少年起就经常到一些著名的老一辈书画家的家中，为前辈牵纸研墨，从而能够从旁意会，在潜移默化中学得下笔的真谛。

第二个跋中同样说到自己在赵孟頫身边常常看他画墨竹，“为日已久，亦颇会意”，可见“意会”是书画之道的关键。

两个题跋中管道昇都称呼赵孟頫为“吾松雪”。“松雪”是赵孟頫的斋号，管道昇提起赵孟頫，语气中有掩不住的自豪与骄傲。

赵孟頫对管道昇，同样有点“宠妻狂魔”的感觉，他在《题管道昇梅竹卷》说:“道昇素爱笔墨,每见余尺幅小卷，专意仿摹，落笔秀媚，超轶绝尘。此卷虽系小景，深得暗香疏影之致，故倩予品题，聊缀小诗，以记一时之兴云。”你看，妻子作画，邀请丈夫品题，而丈夫品题之时，对妻子的画,可以说是毫不吝惜赞美之辞,什么“落笔秀媚”啊，什么“超轶绝尘”啊，又是“深得暗香疏影之致”（“暗香疏影”指梅花，出自北宋林逋《林和靖集·卷二·山园小梅》诗“疏影横斜水清浅，暗香浮动月黄昏”）啊。

赵孟頫曾经写过一首诗说：“山妻对饮唱渔歌，唱罢渔歌道气多。风定云收中夜静，满天明月浸寒波。”

大意说跟妻子面对面饮酒，还一起唱着渔歌，唱完渔歌之后，感觉飘飘欲仙（道气，就是道家之气，道家主要目标就是成仙）。风定了，云散了，夜多么静，湛蓝的夜空，如同凉凉的水波，满天的月色在水波里荡漾。

这首诗里有几个关键词：渔歌、道气、风、月。渔歌代表着隐居不仕的高尚生活，这是两人共同的梦想（一边当官、拿俸禄，一边梦想归隐，这是古代士人常态）。道气代表着神仙理想，其实也暗示两人就是神仙伴侣。风、月，连起来指男女之情；风轻云淡、万里月色，也暗示着两人在一起的良宵。

一首诗，能够写得如此超脱，又如此缠绵，简言之：一对神仙伴侣，在明月如水的良宵里，夫唱妇随，风月相同。

难怪赵孟頫会在写给好友田师孟的信中，拿此诗来炫耀，问对方“我这首诗写得怎样”？

两个人的相爱，其中有一个很重要的因素是志同道合。当年，赵孟頫受穷的时候，管道昇为了维持这个家庭，可以在赵孟頫烦躁时安慰他，让他稍稍低下高傲的王孙头颅，来挣些钱，“有钱买得物事吃”。但是当赵孟頫到了大都，当了官，一方面经济状况有所改善，另一方面又因为在异族统治下为官，心灵上比较纠结，加上官场险恶，令其灵魂上很痛苦。这个时候，管道昇并没有像一些追逐荣华的官太太那样不愿放弃荣华富贵，舍不得丈夫隐退，而是以词明志，写了一组四首的《渔父词》，其三、四说：

身在燕山近帝居，归心日夜忆东吴。
斟美酒，脍新鱼，除却清闲总不如。

人生贵极是王侯，浮利浮名不自由。
争得似，一扁舟，弄月吟风归去休。

所谓富贵，当然要生活在京城，但京城哪有东吴的美味——从太湖中刚刚钓起来的鲜鱼；所谓富贵，极贵不过是王侯。可是，这种极贵的身份同时也意味着三个字——“不自由”，哪里有归隐生活美好。一叶扁舟，夫唱妇随，吟风弄月，神仙伴侣的生活才最真！

可惜管道昇自从随赵孟頫离开家乡，中间虽有几次江南任职，离家乡近些。可是，一直到管道昇去世，一对神仙伴侣双栖双飞的田园隐居，终究未能实现。

赵孟頫在管夫人的支持下,辞职报告不知打了多少次,直到管道昇病重，才获批返乡，走到临清（今山东省临清市，在大运河上）。延祐六年（1319）五月，管道昇病逝于临清舟中，最终，陪着赵孟頫回乡的，只是一副管道昇的灵柩!

赵孟頫在至治二年（1322）六月离世，死后与管道昇合葬于浙江德清北东衡里。

正如管夫人说的“我与尔生同一个衾,死同一个椁”!

诗词链接

诗圣

诗人杜甫，因为其诗表现力特别强，能够反映现实，技艺又特别熟练精湛，因此有“诗圣”之称。杜甫有浓厚的儒家思想，其诗能反映时代动荡和重大的现实问题，被称为“诗史”。

杜甫的诗又特别强调诗艺，注意炼字炼句，将格律诗的技巧和表现能力提升到了很高境界。唐代白居易说杜甫诗：“贯穿今古，缕格律，尽工尽善。”北宋苏轼说：“古今诗人众矣，而杜子美为首。”“诗圣”称号背后是对杜甫忧国忧民精神的肯定，同时也是对其高明诗艺的称扬。

唐寅　落花诗（其一）

刹那断送十分春，

富贵园林一洗贫。

借问牧童应没酒，

试尝梅子又生仁。

若为软舞欺花旦，

难保余香笑树神。

料得青鞋携手伴，

日高都做晏眠人。

落花诗（其一）

唐寅

剎那断送十分春，
富贵园林一洗贫。
借问牧童应没酒，
试尝梅子又生仁。
若为软舞欺花旦，
难保余香笑树神。
料得青鞋携手伴，
日高都做晏眠人。

唐寅祖辈唐泰曾经是武将，在明代土木堡之役中战死；到唐寅父亲这一代，已经完全成了市井平民，唐寅自幼在吴门（苏州）长大，并且十分聪颖，开酒馆的父亲对他寄予了厚望，指望他能够重振家门，送他到县学去读书。古代的县学其实属于公立性质，政府对县学中求学的士子们，通过考试进行选拔，对成绩优异的，会给予钱粮补贴，让他们在这里能够安心读书。

唐寅在县学读书时就遇到了他的两个良师益友祝允明

和文徵明。祝允明比唐寅大了将近10岁，文徵明则比唐寅小半岁。当时唐寅虽在县学读书，但却瞧不起科举考试的那套八股文，大部分时间还是在读古代文人诗赋，并没有在科举应试文上下功夫。祝允明就劝他说：你不喜欢科举应试文，但要取功名，又必须走这条路，你想要光宗耀祖，赢取功名，不能一边不愿在科举考试方面下功夫，一边又在县学里占着学籍，吃着补贴，家里还要供应你钱财！你得想清楚自己到底想要什么。唐寅听了祝允明的话就说："好吧，你说得对，明年正好是举行乡试的年份，我从现在开始，就下它一年的功夫，来考个名次出来，要是考不上，从此就把这些备考东西都扔掉，再也不考了。"

第二年，也就是弘治十一年（1498），唐寅在乡试（省里的考试）中一举过关，得了第一名，称解元。这一年唐寅29岁。

主持乡试、录取唐寅的是当时任太子洗马的梁储，他非常赏识唐寅的才华。他主持完应天（南京）乡试，回到北京，就对好朋友、时任詹事的程敏政说："我在南都（明朝实行两都制，南京称为"南都"）发现了一位叫唐寅的士子，这个人是个能够治理天下的人才，请你注意一下这个人，如果有机会，一定要把他选拔出来。"程敏政说："我也听说过这个人的名字，确实是江南一位大才子，是个奇才。”后来，中央的进士考试会试主考官公布出来，正是程敏政。看来唐寅这是要一路顺风、拿下状元的节奏啊！

再说唐寅这边，乡试之后第二年，全国举人们就要到北京去参加会试。唐寅去北京，根本不用花旅费，费用都由他新结识的一位朋友徐经给包了。这个徐经，是苏州城里有名的富家子，他看唐寅乡试得了第一名，就主动来结交唐寅,两人成了好朋友。两人都要进京去参加科举考试，于是就同行。

到了北京，唐寅就先去拜访了自己的恩人。古人也称“座师”的梁储，梁储又推荐唐寅去拜访了程敏政。

唐寅个性张扬，尤其是乡试得了解元之后，江南才子的名声，已经天下共传。到了京城，各路人士争相邀请唐寅、徐经到府上做客。当然，请唐寅做客的基本都是富贵人家。富贵人家都有穷奢极欲的名声，难免招人侧目。唐寅、徐经每次赴宴都会带上徐经家的几个童仆。这几个童仆都长得十分标致，而且穿着也委实华丽。两个公子、几个俊仆，肥马轻裘，出入豪门，这些都招人嫉妒。一句话，唐寅和徐经在北京城里太招摇了。

当然，那一群群和唐寅结交的人，大部分也是来京师准备参加考试（在京还有两场考试：会试和殿试。会试由皇帝指定的主考官来主持,殿试由皇帝亲自主持）的举人，大家在一起难免讨论考试的事。讨论考试，古今相通，离不开押题。举子们在酒宴中喝得酒酣耳热之际，就热烈讨论起押题问题来。唐寅、徐经两个一高兴，就现场拿出自己为押题作的练习文，慷慨激昂，吟诵给大家欣赏。本来，唐、徐两人，这是在帮助大家，启发众人思路，提升应试水平，这是做好事啊。

可是别人不这样认为，不知从什么时候开始，北京城里开始流传这样的谣言，就说唐寅和徐经两个人已经提前买通了主考官程敏政，把考试题目都已经买到了，两个人都已经按考题提前写好文章了，只等上考场取功名了！

这些谣言难免也传到了朝廷中，正好主考官程敏政也并非一位好好先生，而是一名恃才傲物、藐视同侪的清流官员，平日里树敌颇多，于是给事中华昶就给皇帝上了奏章，弹劾程敏政故意泄漏考题给唐寅和徐经，要通过作弊来录取两人。

当时会试已经结束，但榜还没公布，孝宗皇帝接到举报，就命令将程敏政停职审查，不再参与阅卷，由另一名主考官大学士李东阳带领其他考官来核查试卷。经过核查，程敏政所录取的人中并没有二人试卷，所谓漏题之事，也是子虚乌有。华昶继续弹劾，程敏政就要求当面对质。当面质询中，华昶根本拿不出什么证据来。

尽管这样，朝廷还有人继续弹劾，于是程敏政、华昶、唐寅、徐经都被下到了牢里，最终朝廷拿出的处理方案是：程敏政虽没有泄题，但因为曾经接受过徐经的礼物，又应唐寅之请为唐寅写过文章，勒令致仕；唐寅、徐经取消会试成绩，并发到地方官府为吏；华昶言事不实，降级，调任南太仆主簿（这个职位在南都，等于半退休了）。

有一种说法是说当时这个事件，是因为大臣傅瀚想要夺程敏政的位子，指使华昶弹劾他。如果真是这样，那么唐寅和徐经就是政治斗争的牺牲品了。

这里要谈一个问题，是不是唐寅也势利，有钱公子来结交，就出于势利来交往？其实并不是这样，徐经并不是普通富人，而是一个来自江阴（今江苏江阴）书香门第的子弟。徐经的祖父徐颐，曾经在朝中任中书舍人；其父徐元献曾在乡试中获第三名。徐经家有"万卷楼"，是当时江阴著名的藏书楼。"万卷楼"中藏书，最珍贵的当数其中有关地理的一些古书。并徐经的后人中，出现了著名的旅行家徐霞客。

本以为就要一举高中并从此大展宏图的唐寅，遭遇了科考案的打击，不仅没有了录取的机会，还坐了几个月的牢，从此对仕途寒了心。本来在参加科举的同时，唐寅就一直写诗作赋、习书作画，经历这次科考案的打击之后，他彻底放弃了科举，而把主要精力用到了诗文书画方面。尤其是在绘画上，唐寅付出很大努力，也公开将其作为谋生的途径。他在《言志》中说：“不炼金丹不坐禅，不为商贾不耕田。闲来写就青山卖，不使人间造孽钱。”

从北京归来，唐寅先是外出漫游，以纾解心中的郁闷。谁知坏事接踵而至，唐寅再回家时，又出现了夫妻失和的情况，他只得以休妻结束了这段婚姻。

弘治十八年(1505)，唐寅看中了一处别人废弃的别墅，想买下来重建成自己的住宅，以吟啸笑傲，接待朋友，但是因为缺钱，只好靠售卖诗文书画来筹款，还把自己的藏书卖出了大部分，又向在京师当官的朋友借钱。经过两年筹备，他才建起了新宅子，取名桃花庵。

唐寅《落花诗》，其实是唱和之作。当时吴门的文人领袖沈周，也是唐寅和文徵明的老师。沈周先写了一组，然后文徵明等人都有和诗。唐寅《落花诗》总共有30首，《刹那断送十分春》是第一首。

这首诗大意如下：

刹那之间，春天就被断送了，曾经一片繁华的园林像被洗劫一样，一夜之间变得贫穷。想问牧童哪里有酒喝，得到的回答却是已经没有了酒家。尝了一下梅子，却是生的，又酸又苦。

园中的花已经飘零，那舞姿可比花旦，花瓣落地，香消魂散，但总比树神带给人的南柯一梦要好吧。太阳已经升到了中天，我那些穿着黑色布鞋、经常一起携手出游的朋友，大概都还在安眠吧。

此诗中的“牧童”暗用了“牧童遥指杏花村”的典故，“树神”暗用了南柯一梦的典故，“日高都做晏眠人”则暗用陶渊明高卧北窗的典故。《晋书·隐逸传·陶潜》：“尝言夏月虚闲，高卧北窗之下，清风飒至，自谓羲皇上人。”

春天的园林百花盛开就像一场富贵盛筵，而一场清明的春雨，似乎刹那之间就将百分之百的繁荣变成了百分之百的冷清，想借酒浇愁，找不到酒家；想吃几枚梅子，却只吃到酸涩的。花之飞舞很美，花虽在飘零，难保余香，毕竟比出相入将的南柯一梦要真实吧！既然已经归隐，那么最大的幸福就是可以高卧，稳稳当当地睡觉，不用大清早就去上朝，不用按时签到。这种乐趣，当然为唐寅所乐道。

“别人笑我太疯癫，我笑他人看不穿……”（《桃花庵歌》）

诗词链接 ● 诗佛

指唐代诗人王维。王维自幼即虔信佛教，步入仕途后，屡屡遭受挫折，后来又在“安史之乱”中成了叛军的俘虏，被迫担任了伪职，靠其弟王缙的地位，还有其在陷贼中所作一首忠于唐王室的诗才得保全性命。王维对佛教教义有深刻的领悟，尤其是擅长在诗中通过情景交融的方式，不露痕迹地表现出对佛法的感悟，体现出随机感悟与佛教原理的融通。高步瀛《唐宋诗举要》：“赵铁岩曰：右丞通于禅理，故语无背触，甜澈中边。空外之音也，水中之影也……盖空诸所有而独契其宗。”

吕碧城　隔浦莲近

心香一瓣结念，

通过灵台电。

骨借金蕖铸，

云衣换。

鸡鹭知怯惓恋。

沧波外，

隔浦相见。

隔浦莲近

吕碧城

心香一瓣结念，通过灵台电。
骨借金蕖铸，云衣换。
鹓鹭知怯惓恋。
沧波外，隔浦相见。

跏趺渐定，禅观十六参遍。
素襟如水，冷入连寰秋滟。
华藏庄严是信愿，非幻。
绿房珠证圆满。

清朝末年，国家积弱积贫，中华民族面临着生存危机。生死存亡的危难时期，却涌现出了一大批仁人志士、时代英才。像戊戌变法中被杀头的六君子，卧底浙江官场发动起义的徐锡麟，为唤醒民众而蹈海赴死的陈天华，这些都是当时的人中麒麟。当时所谓民智渐开之际，也出现了一些女中豪杰，秋瑾和吕碧城就是其中的代表。

有意思的是，秋瑾和吕碧城，曾经有一个共同的笔名。原来，秋瑾从事女权的倡导，也曾用过“碧城”的笔名，当吕碧城担任天津第一位女编辑、主笔之后，在报端发表了多篇鼓吹女子解放与提倡女子教育的文章，如《论提倡女学之宗旨》《敬告中国女同胞》等，一时间，很多读者都以为，这位碧城就是秋瑾。1904 年，秋瑾到了天津，专门拜访了《大公报》社，并与吕碧城结成好友，从此秋瑾声明不再使用碧城之号。

秋瑾大吕碧城 8 岁，两人见面却惺惺相惜，结成了金兰之交。后来，秋瑾在浙江开展反清起义筹备，被清廷逮捕杀害。当时无人敢为烈士收尸，吕碧城设法与人将遗体偷出安葬。

秋瑾和吕碧城，一个在浙江，一个在天津，办报纸、兴女学，当时被称为一南一北的“女子双侠”。

秋瑾在 1907 年就义，生命终止在 33 岁。

吕碧城却活到了 61 岁，1943 年吕碧城在香港九龙辞世。当时的香港，还处于兵荒马乱之中，正在被日本兵占领的状态下。

秋瑾曾经结婚，并生育了一双儿女。吕碧城则终生未婚，她早年本来有遵从父母之命订下的婚约，但后来被婆家退婚。之后吕碧城通过个人奋斗，凭其才华，成了时代风云女子，追求她的男子如过江之鲫，如《大公报》老板英敛之、袁世凯之子袁寒云（袁克文）、李鸿章之子李经羲等，都曾拜倒在她的石榴裙下。

吕碧城在一次闲谈中说："生平可称许之男子不多，梁任公早有妻室，汪季新年岁较轻，汪荣宝尚不错，亦已有偶。张蔷公曾为诸贞壮作伐，贞壮诗固佳，奈年届不惑须发皆白何！我之目的，不在资产及门第，而在于文学上之地位。因此难得相当伴侣，东不成，西不合，有失机缘。幸而手边略有积蓄，不愁衣食，只有以文学自娱耳！"

吕碧城的这一段话，亦谐亦庄，半真半假，也透露出她内心的一些真实想法。首先，吕碧城的眼光很高，容貌要像汪季新（汪精卫）一样英俊，才华要像梁任公（梁启超）一样出众，还要像曾任驻日公使的汪荣宝一样精通外语、外事，又要像诸贞壮一样诗词俱佳，但一定还得年纪相仿。其二，吕碧城最重视的是对方的才华与自己要相匹敌，要有共同的文学上的造诣与地位。其三，吕碧城虽然因为错过机缘，但对于自己大龄不婚的状况，并不是太在意，因为第一，手边有积蓄，第二可以文学自娱。

这就引出了吕碧城的人生中的两面，一是精明强干，二是诗词天才。

古往今来，一般来说，诗人往往是精明的反面，精明强干是实务家的优点；不通世事，不善治生，不会求财，是诗人的特性，但吕碧城却不是这样。

吕碧城 13 岁时，父亲去世，因为吕家只有四个女儿，没有男丁，族人就以吕家没有继承人为由，企图霸占她家财产，甚至指使人将回乡处理财产的吕碧城的母亲劫持。吕碧城小小年纪，却很有主见，四处奔波活动，给父亲生前友人、同僚、门生写信，请各位有势力的人来帮助，最终解决了这次家产危机。这时的吕碧城就已经显示出其精明强干、善于处理事务的特点。但是这次事件产生了一个没有预料到的结果，就是吕碧城定亲的汪家，听说吕碧城小小年纪就这么厉害，能够出头露面，摆平这么大一件事，简直有呼风唤雨的能耐,就认为这个未来的儿媳妇要不得，不敢娶进门，于是要求退婚。自尊心很强的吕碧城说服母亲，接受了退婚，婚约解除。

家乡有虎视眈眈、一心想要谋取其家产的族人，自然不能再在这里生活，母亲就带着吕碧城姐妹四人投奔到在塘沽任盐运使的吕碧城舅父家。在舅舅家，吕碧城又与舅父严凤笙发生了冲突，因为吕碧城想要进新式学堂读书，遭到了舅父反对。吕碧城干脆逃出了舅父家，一个人乘火车到了天津。

在天津，通过一个机会吕碧城认识了《大公报》创办人也是总经理英敛之。英敛之被吕碧城特立独行的个性和超凡的才华所倾倒,邀请她住进了报馆内,当上了《大公报》首位女编辑。吕碧城的第一份事业,是“报人”。她在《大公报》发表了大量的文章，批评时政、呼吁女权、提倡妇女教育，一时间在社会上引起很大反响。她的诗词也不断在报上发表，引来了当时风雅文人、上层人士的关注，她一时间成了天津名人。

吕碧城的第二份事业是办学，在严修（南开大学创始人）、唐绍仪（后任中华民国首任内阁总理）、梁士诒（后任北洋政府总理）等人的帮助下，创立了北洋女子公学，傅增湘（后任民国教育总长）任学堂监督、吕碧城担任总教习。

编报纸、办学校，这些以前从来没有女子干的事，吕碧城都干了。

进入民国之后，吕碧城先是应袁世凯邀请，出任总统府机要秘书，后又担任参政。当袁世凯称帝企图逐渐显露之时，吕碧城又毅然辞职南下上海，脱离官场，投身外贸行业，在经济大潮中搏击，两三年之内，就取得了巨大的成功，成了上海滩屈指可数的女富豪。

女编辑、女主笔、女校长、女富商、精明强干的女强人、才华横溢的女诗人、早期女权倡导者，这些身份之外，吕碧城还有另外两个身份：动物保护主义者、佛教居士。

在上海生活数年后，已经36岁的吕碧城，又前往美国哥伦比亚大学，攻读文学与艺术，同时还担任上海《时报》记者，4年后学成回国。

1926年，吕碧城再次出国，遍游欧美诸国。这一游就是7年。在欧洲，吕碧城加入了国际动物保护委员会，并在1929年5月参加了国际动物保护委员会维也纳大会，并在大会上发言。

1930年，吕碧城正式皈依佛教，成为在家居士，法名为“曼智”。

吕碧城的《隔浦莲近》词，用了一些佛学名词，不是很容易理解。首先，这首词是紧扣隔浦莲来写的。其次，词里的隔浦莲，也是佛教信仰的一种象征。

这里对全词略做诠释：

一瓣心香结下那佛缘与愿念，那心中的念想，如电流通过心灵。

这莲啊，她的骨头有金子一样的颜色，她的莲叶就像云的衣裳一样，常常在变换。

那高尚的鹓鹭在这莲面前，既充满着眷恋，又满心羞怯。

沧波之外，隔着那水滨与莲花相见。

盘腿以“吉祥坐”之法打坐已定，将那十六观一一省悟。

洁白的胸襟如水一样纯洁，水一样纯洁的精神，不带任何欲念，冷清地照入那一个连着一个如同连环一样的秋天的波心。

庄严、美妙、圆融、和谐、清净的莲花藏世界，那是真实的信仰，绝非虚幻。

那绿色的莲子，不就印证着修行的圆满吗！

图书在版编目（CIP）数据

中国诗词里的山河岁月 / 张建军著 . -- 南昌 : 江西美术出版社 , 2022.5（2023.11 重印）
ISBN 978-7-5480-8551-5

Ⅰ . ①中… Ⅱ . ①张… Ⅲ . ①散文集－中国－当代 Ⅳ . ① I267

中国版本图书馆 CIP 数据核字 (2021) 第 225406 号

中国诗词里的山河岁月
ZHONGGUO SHICI LI DE SHANHE SUIYUE
张建军　著

江西美术出版社
(南昌市子安路 66 号　　邮编：330025)

全国新华书店发行
湖北金港彩印有限公司印刷
开本：787mm×1092mm 1/32
印张：10.5
2022 年 5 月第 1 版　　2022 年 11 月第 4 次印刷
电话：0791-86565506　　网址：www.jxfinearts.com
ISBN　978-7-5480-8551-5
定价：58.00 元